天鵝的翅膀

楊喚的寫作故事

子魚・著　林劭貞・繪

我這從農場裡出來的醜小鴨啊，
已生出一對天鵝的翅膀。
楊喚〈感謝——致安徒生〉

親愛的讀者：

現在你的手上拿著這本書，其實它本來不會存在的。但是，它又怎麼出現了呢？

話說從頭，正當小熊出版的編輯部進行著《曹俊彥的楊喚童話詩畫：楊喚逝世六十週年紀念版》的編務時，邀請作家子魚（他寫童詩，也寫童話，又特別喜愛楊喚的作品，正是執筆的適合人選）在書中以和小學低、中年級小讀者說話的口吻撰寫簡短的導讀，帶領小讀者領略楊喚童話詩的詩意。

豈料，滿腔熱情與滿腹文章的子魚交稿時，竟是洋洋灑灑有如小說的篇幅了。然而，這樣的篇幅編入《曹俊彥的楊喚童話詩畫：楊喚逝世六十週年紀念版》裡，恐怕要讓小讀者望之卻步，失去自己閱讀的信心，所以最終決定將文章捨去。

捨去一篇趣味橫生的故事並不容易啊！它像是躺在編輯部書稿的檔案夾中發出不平之鳴，不時在編輯眼前跳躍著揮舞雙手。好吧！約子魚喝杯咖啡吧！我們來談一談是否可以把這文章改成小說的形式，讓年齡再大些的少兒讀者認識楊喚的寫作熱情和生命故事，啟發他們面對成長有更多想像，就像安徒生的作品和生命同樣鼓舞楊喚。

於是，你有機會拿起這本書，嘿！請別急著放下，也許你就此對親情、友情、愛情和熱情，有了更深入的思考與體會。

推薦序

精采一生

林文寶（臺東大學兒童文學研究所榮譽教授）

去年（2013）夏夜，子魚來拜訪，提到他要寫一本關於楊喚的故事。算一算時間，楊喚於一九五四年春天過世，轉眼間一個甲子過去，今年（2014）是楊喚逝世六十周年，能為他出版一本書，既是紀念也是懷念。

子魚問我有沒有相關資料可以提供，他想要先收集材料、閱讀，再進行書寫。我告訴他《楊喚全集》是必讀的，書中將楊喚的散文、詩與信箋都做了完善的整理。當時文友對他懷念、追思的文章也一併收錄其中。而我早年書寫的《楊喚與兒童文學》，整理楊喚的生平與著作、剖析楊喚的文學見解與詩觀、收錄楊喚的童詩與賞析，也非常值得參考。

我建議子魚書寫楊喚的故事時，不要背離兒童文學。楊喚雖以成人文學創作為主，但來臺之後，寫詩的筆調轉了一個大彎，開始童詩的創作，也開始關注兒童文學。

他可說是臺灣童詩創作的先行者之一，尤其童話詩的表現，將童話具有的故事性、趣味性，融合詩的節奏與意境，既可以當童話來閱讀，又可以當詩來欣賞，給人一種特殊的美感。這就是楊喚開創的獨特境界。楊喚短短的一生，留下的童詩創作雖不過二十首，但他為臺灣的童詩乃至兒童文學立起了一個里程碑。

少年兒童對楊喚應該都不陌生。中學生國文就收錄他的童話詩〈夏夜〉作為課文，小學生只要談到童話詩，老師都會將他的作品搬出來賞析。大家早將楊喚與兒童詩畫上等號。其實，他的生平可精采了！我認為除了楊喚的詩之外，他的故事一定也會引起少年兒童的興趣。於是，這本以故事體書寫楊喚的書，就在子魚筆下誕生了。

有別於只是出版童話詩的形式，本書中的楊喚成了小說的主人公；他的成長、求學、創作與離家成了故事情節。「愛」是敘事的母題之一，以此軸線展開的故事中，大致分三個段落：楊喚悲苦的童年生活，他與祖母的祖孫之愛；楊喚求學期間的成長，與女友劉妍的情人之愛以及與同學的友誼之愛；楊喚逃難的流離顛沛，陷入大時代洪流中的無奈。

楊喚是這麼一個純真的人。雖然歷經了苦難，輾轉南逃到臺灣，卻因為有愛與文學，讓他始終保持著對時代的關懷、活水般的創作力與永遠充滿活力的生命意志。他的純真，在文字中表現無遺；他的童心，更帶著他走向兒童文學的創作。

為兒童而寫是他曾經立下的誓言，但他的新詩，也優秀得令人無法忽略，因此子魚嘗試將他的故事、童話詩和新詩融合在情節之中，讓少年兒童欣賞更全面、更完整的楊喚。這著實是一場挑戰，因為楊喚留下的資料並不多，僅一些隻字片語概略的描述。

這本書依楊喚的作品與真實事蹟，加入作者的想像，雖說情節有很大成分是虛構，但「故事化」楊喚的精采，在於從現在開始，認識楊喚不再只是透過他的詩，他將以更活潑、多情與純真的模樣面對讀者。

目錄

騎馬童話王國裡

一九五〇年，春天剛剛回來，天氣還有點冷。夜裡，雨絲輕輕飄落，詩人楊喚坐在書桌前。他喜歡在夜裡寫作，拿起鋼筆，攤開稿紙，開始思考，思考著要寫什麼？

「寫作寫了許多年，最近才開始為兒童寫一些詩。」楊喚心中想著：「也許，我應該繼續為孩子寫！」

「嗯，就這麼辦！」想到這一點，他心中湧起一股享受春風吹在臉上般的快樂。

但他卻急忙收起稿紙，拿出信紙。

楊喚寫信給好朋友，告訴他，而且是大聲的告訴他：「我就是要為兒童寫詩，我認為這是我應該做的事。」

他的心中出現「安徒生」。偉大的童話作家，丹麥人，寫出的故事讓人感動，影響全世界兒童。摯愛的作家呀！

他的內心充滿無限歡喜，為兒童而寫，是一件自己最想做的事情。感謝安徒生，一位偉大的先行者。楊喚感念安徒生對他的啟示，動筆寫下：

〈**感謝——致安徒生**〉

你父親製的鞋子不能征服荊棘的路，
你母親的手也沒有洗淨人們的骯髒；
而你點起來的燈啊，
將永遠地，永遠地亮在這苦難的世界上。

在那北風嗚嗚地吹著大喇叭的冬夜，
我不會寂寞，更不覺得冷；
因為溫暖著我的有你的書的爐火，
坐在身旁的是那個賣火柴的小姑娘。

縱然那北方的春天曾拒絕我家的邀請，
我還是像雀鳥那樣快樂，太陽般的健康；
過去的牧豬奴已長成為一個戰士；
我這從農場裡出來的醜小鴨啊，
已生出一對天鵝的翅膀。

感謝你給我以你的童話的教室。

感謝你給我以你的心的蜜糖。
感謝你給我以愛情和營養。
今天，我要在我詩的小城裡完成一座偉大的建築，
那就是立起你這丹麥老人的銅像。

安徒生心裡一定住著一個小孩，不然怎麼會這麼有童心？楊喚心想：「我的心裡也一定住著一個小孩，因為，我也有童心。」

他寫信告訴好朋友，寫童詩給兒童閱讀，這是一件很有意義的事。想著想著，他的鋼筆動起來，嗖！嗖！嗖！在信紙上寫下一行又一行。

窗外，春風也颼！颼！颼！灌進屋子裡。春風還是有點涼，想起古代詩人的詩句「春寒料峭」，他微微一笑，連忙拿起外套披在身上。

楊喚寫信給好朋友，信中有一段話：

你說我不是孩子，應該寫些給大人們看的東西，但你又怎麼知道我這一顆嚮往於童年的心呢？孩子是天真無邪的。童年的王國在記憶裡，永遠是有著絢麗燦爛美麗的顏色的。

〈春天在哪兒呀？〉你讀過了嗎？我希望你能從那裡找回一點孩子的快樂。

兒童詩，我還想再寫下去，因為我想從裡面找回一些溫暖。

二十歲的楊喚想起童年，那是貧窮、悲慘與哀傷交織的時期，根本沒有所謂快樂。悲苦使他早熟，創作卻讓他純真。

當他讀到安徒生童話時，彷彿真正的童年才剛要開始。心裡的小孩跑出來了，曾經也是小弟弟的他，這會兒應該騎白馬去了。

楊喚讀完安徒生寫的《沙丘的故事》後，一直記得一句話：「童年時代對任何人而言都有快樂的一面，這個階段的記憶永遠會在生活中發出光輝。」

明亮的燈泡，發出鵝黃光芒，春天夜裡很安靜，薄薄雨絲很清涼，蟲子的叫聲剛剛開始，這時很適合想像。他的筆在稿紙上動起來，慢慢走進童話世界。

《沙丘的故事》講起鵝卵石拼成一片圖案──像珊瑚一樣紅，像琥珀一樣黃，像鳥蛋一樣白，五光十色……這一切都使眼睛和心靈得到快活。那一片鵝卵石圖案就是故事，卻又像詩一樣迷人浪漫。

「我想要寫詩，可是，我的心裡怎麼滿滿都是童話？」他喃喃自語。

楊喚笑了。那個小弟弟又從心裡溜出來，好像在跟他說：「讓我到童話王國裡冒險嘛！」

可是楊喚想寫詩，他搖搖頭，小弟弟有一點失望。一隻想像的小白兔從眼前跳過，一隻白馬隨後跟著跑過，接著一隊紡織娘的吹鼓手經過，又一隊螞蟻

GREGORY PECK
AUDREY HEPBRN
Roman
Holiday

的小旗兵走過。

楊喚笑說：「好的！好的！真拿你沒辦法，我寫童話，我寫童話。」緊接著，他靈機一動說：「這樣好不好！我寫童話又寫詩，將童話和詩結合。」

「那是什麼？」小弟弟問。

「童話詩啊！」

楊喚繼續說：「我讓你成為童話的男主角；我讓你成為詩裡最美的句子。」

心中的小孩高高興興的往有蟲聲的夜裡玩耍去了。春雨停了，一片烏雲被撥開，幾顆星星露出來。

楊喚在稿紙上寫下六個字——童話裡的王國。

那心中的小弟弟騎著白馬到童話王國裡。他用擬人法寫童話詩，很快很快的寫著，連外套掉在地上都不知道。
他忘記了冷。

〈童話裡的王國〉

小弟弟騎著白馬去了，
小弟弟騎著白馬到童話的王國裡去了，
媽媽留不住他，
爸爸也留不住他，
就是小弟弟最愛聽的故事，
和最喜歡的小喇叭，
也留不住他。

啄木鳥知道了，
很早很早地就給小弟弟
把金銀城的兩扇門敲開啦；
老鼠國王知道了，
很早很早地就穿上新的大禮服，
在那一大朵金黃色的向日葵花底下迎接他啦。

啊！熱鬧的日子，
高興的日子，
美麗的老鼠公主出嫁的日子呀。
（晴藍的天也藍得亮晶晶的，藍得不能再藍啦！）
太陽先生扶著金手杖，

來參加這老鼠國王嫁女的婚禮來了。
風婆婆搖著扇兒，
也匆匆忙忙地趕來了。
——好多的客人哪！
只有小弟弟一個人，
騎著美麗的小白馬。

美麗的公主羞紅著臉請客人們吃酒了。
美麗的公主羞紅著臉伴著客人們跳舞了。
客人們高興得要瘋啦。
老鼠國王臉上笑得要開花啦。
（真的，這幸福的王國裡開遍了幸福的花！）

醉了的客人們獻給公主的是——
一頂用雲彩編結的王冠。
太陽先生是個聰明的老紳士，
就用一串串的星星做贈禮。
——珍珠似的星星好鑲在那頂王冠上呀。
風婆婆送公主一把蜂蜜做的梳子。
——好梳公主那烏黑的長頭髮呀。
小弟弟送什麼好呢？
小弟弟送她一個洋娃娃吧！
兩隻年青的小白兔抬著一頂紅紗轎，
一隊紡織娘的吹鼓手，

一隊螞蟻的小旗兵，
走遠了，走遠了：
老鼠公主從金銀城嫁到百花城去了。
聽說公主的女婿
是一隻漂亮體面的紅冠大公雞。

夜好靜好深呀！
客人們都醉得不能走路了。
小弟弟的眼睛小得只剩一道縫了。
小弟弟要睡了。

小弟弟呀！小弟弟呀！

媽媽和爸爸在叫你哪！
小弟弟呀！小弟弟呀！
你的大喇叭急得要哭啦！

小弟弟快回去吧！
你若是害怕走夜路，
螢火蟲會提著燈籠送你回家。

把好心的風婆婆送給你的糖果
留給小妹妹吃；
把老鼠國王送給你的搖籃
留給小妹妹睡；

太陽先生送給你的那顆小小的希望星
就送給最愛你的小戀人罷。

就是要為孩子寫詩

對於楊喚寫童詩這件事，好友總是不以為然，這給小孩子看的玩意兒，不會有成就的。雖不便直接說出來，在來來往往的書信裡，還是會勸一下。

為孩子寫詩是很好，天真活潑的詩句，讀起來的確令人歡喜，孩子也會喜愛。但畢竟是小兒作品，登不了大雅之堂。與其花心思為小兒而寫，何不將這些精神花在新詩上，還來得有成就。

楊喚的新詩的確寫得很好，例如〈小樓〉，優美詩句令人著迷。

當風和雨在暗夜裡突然來訪，
這小樓乃如一株落盡了葉子的樹；

那憂鬱的夢啊，是枚白色的殼，
我呀，就是馱著那白色的殼的蝸牛。

我，有一對耽於沉思的眼睛；
樓，有很多扇開向藍天的窗口。
但，陽光的啄木鳥是許久也沒有飛來了，
不停地，不停地，我揮動著招引的手。

楊喚叫出來了，他有意見，反對好友的看法。〈小樓〉確實用了美麗的語言，大人讀了歡喜，心也跟著美麗起來，輕輕念出聲，詩的意境讓人感到浪漫，但孩子不會懂，這詩不適合兒童閱讀。

好友一再強調，小孩子現在讀不懂沒關係，他們總是會長大，受了教育就會懂詩中意境，懂詩在講什麼。

楊喚想著好友所說的話。他喜歡詩釋放的感覺，很美妙。

當風和雨在暗夜裡突然來訪，
這小樓乃如一株落盡了葉子的樹；
那憂鬱的夢啊，是枚白色的殼，

想著這幾行詩句，心都飄了起來。夢為何憂鬱？小樓為何不得寧靜？是因為風和雨的來訪。

但這一深遠的聯想，勾起對故鄉的思念與對童年的懷念；想起在山東青島「青報」擔任編輯的往事，空閒之時，在寫字樓裡寫詩，那段日子很美好。

寫字樓前有一棵大樹，綠葉茂盛，每一片葉子似乎都是詩句的靈感。楊喚寫詩寫得很勤，青島文藝社為他出版第一本詩集，那時是一九四八年春天，他的詩已經受到肯定。

*　*　*

其實，楊喚悲慘的童年，讓他有理由不寫童詩。他常在夜裡看著小時候的照片，反問自己，究竟童年在哪裡？

那是唯一一張童年小照，照片後面寫著：

都說童年期是美好的，就是在回憶裡也有享不盡的甜蜜，
但，我呀，我不知道那「過去」都是怎麼過去的；而現在呀，
我又不知道我是在哪裡。

從小就是個可憐的小東西。那在北風裡唱著「小白菜呀，遍地黃」的，那挨打受罵、以痛苦做食糧，被眼淚給餵養大的小東西。

楊喚想到這裡，心糾結起來，淚水隱隱忍在眼眶裡。

「我是應該拋棄我的童年，將記憶封存起來。」他自言自語：「為孩子寫詩，得一再一再想起小時候的點點滴滴，豈不又碰觸那痛苦。我是不是該好好聽朋友的話，停止寫了呢？」

時間是往前走的，他應該往前看，看自己此刻的青春燦爛，不需回頭，回頭看自己過往的哀傷、孤獨與逃難。

深夜，楊喚總是放任自己沉思，甚至是胡思亂想。想完之後呢？他必須整理，整理滿腦子像散落拼圖般的想法。

「我們為孩子而寫，已經寫得太少了。我應該繼續寫童詩，我要讓孩子快樂，不要像我一樣。」他又試圖為自己找到一個理由。

前些日子投稿《中央日報》兒童周刊的〈童話裡的王國〉已經刊出來，周刊寄過來，他隨手拿起翻閱。他笑了，彷彿領悟什麼似的，腦子裡的拼圖正在拼湊。他攤開信紙回信給好友：

我打算多在這方面下功夫。童話我還沒嘗試過，等等看，過幾天情緒好一定要寫幾篇給你看。

他有一句話寫得很「理直氣壯」：

〈童話裡的王國〉寄上，你該沒有話說了吧！討厭鬼！

楊喚認為創作是自由的，充滿想像，隨自己的意思發展。像是遠遠放出的風箏，隨風在空中飛舞，只要那根長長的線掌握在手中，就能隨心所欲。

他明確的告訴好友：

孩子是株芽，我願意做一名平凡又平凡的小園丁。

他決定隨自己的想法走，他大聲說：「我就是要繼續寫童詩。」

*　*　*

春天常是陰陰沉沉，雨絲綿綿，很少見到太陽露臉。下午，春雨中，雲層忽然撥開，一大把一大把陽光灑進臺北，很少見到的彩虹，竟然在東方出現。

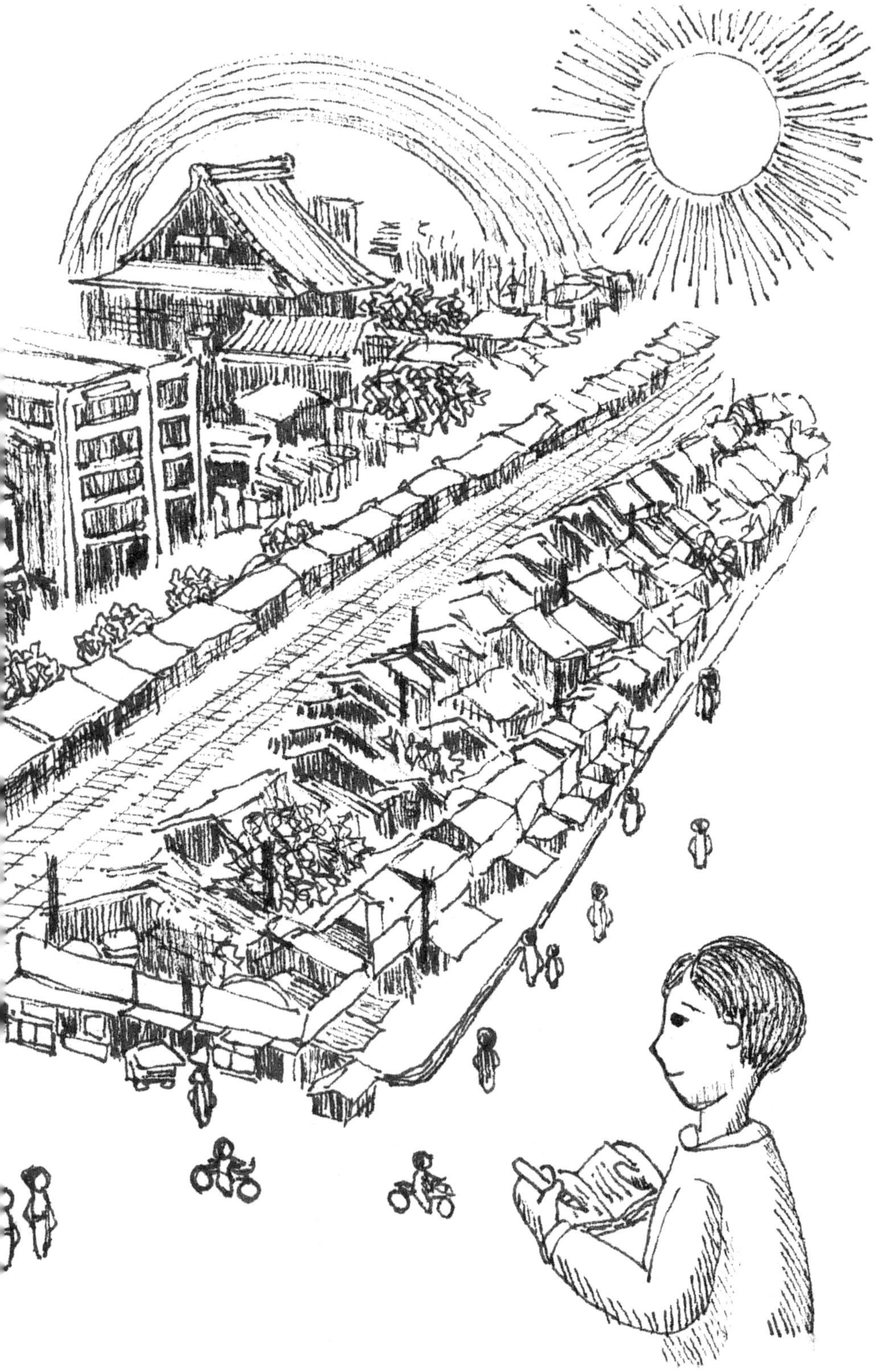

楊喚看見了！心裡的那個小孩又不安分了，蹦蹦跳跳急著出來。童話，那一直是拼圖的一部分，需要另一塊詩的拼圖做結合。

「童話詩，寫彩虹，嗯！這是極棒的題材。」

他構思著，擬人手法讓太陽變成國王，讓小雨點變成能幹的小工人。稻田、小河加足了水；山谷、城市骯髒了要洗澡。完成任務的小雨點，國王送他們美麗的長彩帶。

楊喚動筆在稿紙上寫下〈七彩的虹〉，也許是構思很清晰，他很快就把詩寫好。他輕聲朗讀，覺得很愉快。

〈七彩的虹〉

接到了太陽國王的大掃除的命令，
小雨點們就都坐上飛跑著的烏雲，

賽跑著離開了天上的宮廷。

他們給稻田和小河加足了水，
他們給骯髒的山谷洗過了澡，
就又來洗淨了清道夫永遠也掃不完的城市，
也洗淨了悶熱的飛滿了塵土的天空。

太陽國王為了獎賞他們真能幹，
就送給他們一條美麗的長彩帶，
那就是掛在明亮的雨後的天空中的
紅、橙、黃、綠、青、藍、紫的七彩的虹。

「對嘛！我讀了感到開心，孩子一定會快樂。快樂就好，管他什麼為兒童寫詩不會有成就。我還要再寫，我還要再寫。」

楊喚似乎換一個方式，要把失落的童年找回來。

* * *

來到臺灣，雖然離開東北故鄉有千里之遠，但好友互相關懷，同事互相幫助，日子過得比以前更好。

而且臺灣的香蕉、鳳梨這麼好吃，芒果、楊桃這連看都沒看過的水果，讓楊喚又好奇又喜愛。

「臺灣真的是寶島，連水果都這麼的『不可思議』。」

楊喚靈感一來，「我就讓不可思議的水果入詩。」

他曾讀過〈灰姑娘〉的故事。午夜前的舞會，仙杜瑞拉駕著南瓜馬車進入皇宮。他的童話詩，午夜後的舞會，水果們統統醒過來，牛奶白的月光，其實是魔法，晚會在月光下開始。

楊喚好興奮，那心中的小孩總是蹦蹦跳跳。

他拿起一根香蕉，剝好皮，準備一口咬下去，俏皮的說：「香蕉姑娘對不起囉！我餓了！」

流暢的鋼筆滑動在稿紙上，寫下——

〈水果們的晚會〉

窗外流動著寶石藍色的夜，
屋子裡流進來牛乳一樣白的月光，
水果店裡的鐘噹噹地敲過了十二下，

美麗的水果們就都一齊醒過來，
請夜風指揮蟲兒們的樂隊來伴奏，
這奇異的晚會就開了場。

第一個是香蕉姑娘和鳳梨小姐的高山舞，
跳起來裙子就飄呀飄的那麼長；
緊接著是龍眼先生們來翻筋斗，
一起一落地劈啪響；
西瓜和甘蔗可真滑稽，
一隊胖來一隊瘦，怪模怪樣地演雙簧；
芒果和楊桃只會笑，
不停地喊好，不停地鼓掌。

鬧呀笑呀的真高興，
最後是全體水果們的大合唱，
她們唱醒了沉睡著的夜，
她們唱醒了沉睡著的雲彩，
也唱來了美麗的早晨，
唱出來了美麗的早晨的太陽。

小時候

夏夜，微弱的燈光下，楊喚提筆寫新詩〈小時候〉：

小時候，
在哭聲裡長大，
讓我的日子永遠蒼白憂鬱。

從落後的鄉村走出來，
又跌落在都市的霓虹的燈彩裡。

我做過夢，寫過詩，
也愛過一個美麗多情的少女。

看著這麼幾行詩句，童年似乎從好遠好遠的家鄉走過來。為何筆在紙上停頓下來呢？那段像雲一樣蒼白的時光，留下竟是不可抹滅的憂鬱。筆的停頓是過去從腦海中翻湧而來。

* * *

一九三〇年九月七日，秋意正濃之時，中國遼寧省遼東灣裡無數個小島中，有一座菊花島，他在這裡誕生。

楊喚本名楊森。「森」有生生不息、綠意盎然的意義，那是承載期待的名字，但他的命運卻是充滿苦難。

嬰兒，應該裹在小被子裡，露出臉蛋，張著雙眼，看著媽媽。媽媽慈愛的眼神，傳遞溫暖、安全與幸福。

可是，小楊喚的媽媽在他出生沒多久就過世了。

菊花島，多好聽的名字，讓人有著美麗風情的想像，大理菊、小雛菊、菊花開滿小島。

菊花在秋天盛開，楊喚生在秋天。秋菊綻放彷彿是在深深祝福他的誕生。不是的！不是的！秋菊是媽媽喪禮上陪葬的花朵。小楊喚不懂什麼是死亡，彷彿天生注定得不到母愛。

他稍稍懂事後，發現有一種親人叫做母親。小楊喚孤獨的抱著媽媽唯一留給他的一條墨綠軍毯，坐在屋簷下望著藍天。

他好奇的問爸爸：「我怎麼沒有媽媽呢？」

當爸爸說出親生母親已經過世時，小楊喚更顯落寞、難過。他已明白什麼是死亡，就像菊花凋謝。

「你想要媽媽？」爸爸大大的雙手，溫暖的擁抱他，有一種親密。

「嗯！」他深切的渴望母愛。

「好！我給你找一個。」

小楊喚抱著爸爸，沒有太大歡喜，一股淡淡憂愁浮在臉上。

幾年後，爸爸果然娶了一個女人當他的媽媽。但這不是品嘗幸福滋味的開始。

後母來到家裡之後，小楊喚沒有一天好日子。她動不動就責罵他，甚至一頓毒打。他整天穿著一身極不合身又髒到不能再髒的衣服，拖著一雙極不合腳的破鞋子，活像個小乞丐。

他老是在門外徘徊，髒兮兮的臉上，掛著兩條濃濃黃黃的鼻涕，兩眼空洞的望著屋裡後母為兩個妹妹紮蝴蝶結，那幸福、溫暖讓他好渴望。

「看什麼看？」後母嗆聲。

「媽！我肚子餓，可以進來嗎？」小楊喚請求。

「早飯不是才吃過！」

「可是，現在是下午。」

「吃飯的時候，你跑哪去？我看你根本不餓！」後母責罵聲越來越大。

小楊喚哪裡都沒去！就在大門口，後母哪裡叫喚他了？

「吃光了，什麼都沒有了！我告訴你，休想這時候要東西吃，沒有！」後母吼出來。

這聲音嚇得小楊喚趕緊跑開，跑到屋後巷子裡。好一會兒才敢偷偷躲到窗邊往家裡看。

後母拿出糕點給妹妹們吃，喝著溫熱的茶，茶香飄出窗外，窗外的他看得很清楚，他好想要這種感覺。

掛著兩行眼淚，小楊喚覺得好委屈、好難過。他想起學到的一首兒歌〈小白菜〉，他默默唱著，覺得歌裡的孩子就是自己。

小白菜呀，地裡黃，三歲兩歲沒了娘。
好好跟著爹爹過，就怕爹爹續後娘。
續了後娘三年整，生個弟弟比我強。
弟弟吃肉，我喝湯，拿起飯碗淚汪汪。
親娘想我一陣風，我想親娘在夢中。
河裡開花河裡落，我想親娘誰知道。
想親娘呀，想親娘，
白天聽見嘓嘓叫，夜裡聽見山水流。

有心要跟山水走，又怕山水不回頭。

唱著，唱著，小楊喚早已淚汪汪。

後母不疼他，理由很簡單，因為小楊喚不是她親生的孩子。後母帶來的兩個妹妹享受那如熱牛奶般溫暖的母愛，讓他躲在柱子後面猛吞淚。

他羨慕妹妹卻又嫉妒，從來沒有正眼看過她們倆。小楊喚渴望親生母親的愛，不知道為什麼爸爸要討個後母回來虐待他，難道只因他曾向爸爸要個媽媽？

「奶奶！我要我的親媽。她為什麼死了？」小楊喚跑去向奶奶哭訴。

年邁柔弱的奶奶也無可奈何，「孩子啊！你要忍耐，你要更堅強。」

稍稍懂事的小楊喚只是抱著奶奶哭。童年是灰白色，奶奶是唯一點綴的花蕊。

廂房裡傳出後母為妹妹唱的兒歌：「世上只有媽媽好，有媽的孩子像塊寶……」

這首兒歌小楊喚聽來格外刺耳，眼淚湧出來又憤恨的往肚子裡嚥。他更緊緊的抱著奶奶，愛喝酒的爸爸也早已不是他的，小楊喚擁有的只剩風燭殘年的奶奶。

* * *

猛然從回憶回過神來的楊喚也淚汪汪，淚水滴在稿紙上，稿紙上的〈小時候〉還沒寫完，也是淚痕一片。夏夜，應該悶熱，但他感到有點冷。

他有理由痛恨幸福的孩子，尤其擁有母愛的孩子。他可以討厭孩子，甚至不必為孩子寫詩。

但他轉化恨為祝福。想到杜甫的詩句：

安得廣廈千萬間，大庇天下寒士俱歡顏

意思是自己可以住在破茅屋裡受凍，但仍希望天下人都有溫暖的房子住。「雖然自己吃苦了，但我願天下的孩子都幸福。」他心裡想著。

臺灣是個美麗島，他希望美麗島上的孩子都快樂。寶島四周是藍海，冰天雪地不敢來，綠色是這島嶼的顏色。這島像童話，他曾經寫下一首新詩〈島上夜〉：

童話般的夜呀，

在閃動著無數隻燈的眼睛。

不是失眠，
我是在透明的夢裡醒著，
聽列車載著夜
向金色的黎明。

像秋天
成熟著紅色的果實，
島上夜
正成熟著我們的回家的夢。

像青春的少女
成熟著迷人的乳房，

島上夜
正成熟著明天的風景。

多美啊！希望孩子都像牛一樣健康，像雲雀一樣快樂。流著糖蜜的寶島，是童話般的島嶼，想到這裡，楊喚愉快起來。

他想寫童詩的心是流暢的琴音，延續〈島上夜〉，他的〈美麗島〉呀！在心裡醞釀。

夏夜，夜深，心中的小孩又溜出來，想像著蝴蝶、蜜蜂、羊隊、牛群和太陽都回家了，夏夜從山坡上爬下來，從椰子樹上爬下來。

小時候，不是沒有快樂過。他想起趴在奶奶腿上聽故事的往事，不由得微笑。那時聽得好睏好睏，想要睡覺，然後慢慢進入夢鄉。

只有螢火蟲還醒著。

楊喚的鋼筆動了起來，寫下〈夏夜〉二字，開始構思。一隻螢火蟲提燈從窗邊飛過，夜深了！他還有好多好多想法，在美麗夏夜裡愉快的旅行。

〈美麗島〉

有藍色的吐著白色的唾沫的海
小心地忠實地守衛著，
寒冷的冰雪永遠也不敢到這裡來。

有綠色的伸著大手掌的椰子樹
緊緊地拉住親愛的春天，
美麗的花朵永遠成群結隊地開。

在這裡
小朋友們都像健康的牛一樣地健康，
在這裡
小朋友們都像快樂的雲雀一樣地快樂。

你來看！
小妹妹是夢見香蕉和鳳梨在街上跳舞了吧？
要不怎麼睡在媽媽的懷裡
還是不停地在微笑？

你知道這裡是什麼地方嗎？

告訴你，她的名字叫臺灣，
是甜蜜的糖的王國，
是童話一樣美麗的，美麗的寶島。

〈夏夜〉

蝴蝶和蜜蜂們帶著花朵的蜜糖回來了，
羊隊和牛群告別了田野回家了，
火紅的太陽也滾著火輪子回家了，
當街燈亮起來向村莊道過晚安，
夏天的夜就輕輕地來了。
來了！來了！
從山坡上輕輕地爬下來了。

來了！來了！
從椰子樹梢上輕輕地爬下來了。
撒了滿天的珍珠和一枚又大又亮的銀幣。

美麗的夏夜呀！
涼爽的夏夜呀！
小雞和小鴨們關在欄裡睡了。
聽完了老祖母的故事，
小弟弟和小妹妹也闔上眼睛走向夢鄉了。
（小妹妹夢見她變做蝴蝶在大花園裡忽東忽西地飛，
小弟弟夢見他變做一條魚在藍色的大海裡游水。）
睡了，都睡了！

朦朧地，山巒靜靜地睡了！
朦朧地，田野靜靜地睡了！
只有窗外瓜架上的南瓜還醒著，
伸長了藤蔓輕輕地往屋頂上爬。
只有綠色的小河還醒著，
低聲地歌唱著溜過彎彎的小橋。
只有夜風還醒著，
從竹林裡跑出來，
跟著提燈的螢火蟲，
在美麗的夏夜裡愉快地旅行。

家鄉正是飛絮的季節

但願你好。
我想家鄉，
家鄉正是飛絮的季節，
我愛家鄉的一切，因為家鄉的一切都是美的，你呢？

楊喚提筆寫信，思緒像飛絮一樣，飛進時空的另一端，想起老家菊花島的夏天。大海很藍，天空很藍，菊花含苞，準備盛開。

「我心情不好，總會站在岸邊看海。海浪打在礁石上，撞碎的浪沫是一朵一朵飄在空中的花。」楊喚想起家鄉的海，那和臺灣東北角的海很像。

「不知哪裡來的飛絮，往大海的方向飛揚。我拜託飛絮把不好的心情帶走。」

楊喚不禁露出微笑，想起爺爺、奶奶，彷彿他們在大海的那一端向他招招手，如夢一般，他也朝爺爺、奶奶招招手。

只是，為什麼越賣力的招手，他們卻越走越遠、越走越遠呢？一眨眼，湧出了淚水，鋼筆的墨漬也是〈淚〉！

催眠曲在搖籃邊把過多的朦朧注入脈管，
直到今天醒來，才知道我是被大海給遺棄了的貝殼。

親過泥土的手捧不出綴以珠飾的雅歌，
這詩的噴泉呀，是源自痛苦的尼羅。

*　　　＊　　　＊

父親是一個忙碌的人，為了一家子的生活東奔西走。記憶中，爸爸沒有好好愛過他。

原本他想要一個母親，但父親娶進門的後母不曾給他好臉色，尤其還帶著兩個妹妹過門，小楊喚幾乎像是擺在牆角的油瓶。

但爺爺、奶奶不同，那是真正的疼，他感受得到。曾有那麼幾天，後母帶著妹妹回娘家，小楊喚像是得到自由的白鴿。身體的籠子打開來，心靈的籠子打開來，他獲得嚮往的童年時光。短短一個月，卻是一生中最美好的日子。

家鄉正是飛絮的季節。小楊喚歡喜的在森林裡遊戲，就像闖入祕密基地，總能發現驚喜。

幾天前，鳥窩裡還有鳥蛋，今天已經孵出可愛的雛鳥；狡猾的狐狸守在洞口等著兔子，兔子精明絕不上當；啄木鳥咚咚咚的為老杉樹看病，聲音敲響整座森林。

「奶奶！講故事。」小楊喚挽著奶奶的手臂。

「好！好！」奶奶笑呵呵的摸著他的頭，「來！坐我身旁，我講一個黃鼠狼仙的故事。」

「啊！我在森林裡看過。」

「哦！你有沒有對牠做什麼？」

「沒有！我只是遠遠的看著牠，牠發現我時，咻！一下不見了。」

奶奶眼睛瞪得老大，假裝很驚訝，「你是聰明的小孩。黃鼠狼仙可不能冒犯，冒犯牠，牠可是會將倒楣降臨在那個人身上。」

小楊喚摸摸胸口，鬆一口氣似的，心想還好沒拿石頭丟。

夏日午後，小楊喚拿張板凳坐在奶奶身旁。奶奶身上總有一股淡淡玉蘭花

香。聞著香氣，他等待黃鼠狼仙從門縫裡鑽出來。

奶奶的故事總在她搖著蒲扇時開始，他感覺身邊坐著一隻隻黃鼠狼崽子，跟他一樣靜靜聆聽。

從前有一個米商，他雇了一艘船，準備將米糧運送到南京販賣，才剛把米裝進船艙裡，就有人看見一隻黃鼠狼跳到船上。

米商大叫：「船上有黃鼠狼，那還得了！豈不把米袋都咬壞了？一定要找出來。」

全船工人找來找去，卻不見黃鼠狼蹤影。

米商責罵那人：「你是不是眼花了？亂說話。」

當船開到南京時，奇怪的事發生了，船艙裡的米糧全不見了。

「怎麼會這樣？」米商大叫。冷靜一想，才想到可能真是黃鼠狼搞鬼。

米商大呼倒楣之後，趕緊向黃鼠狼謝罪：「黃鼠狼仙，我不懂事，有所冒犯，請你原諒。」

幾天之後，米商必須離開南京，他發現米糧竟然鎖在倉庫裡。米商心想：「果真是黃鼠狼仙在跟我開玩笑！」

奶奶講故事時，天氣熱，身上的痱子令人惱，奶奶一手搖動蒲扇搧出涼風，一手伸進小楊喚的衣服裡，輕輕柔柔的撫摸他的背。暑氣就在她的指頭間消失。

那是舒服的感覺，小楊喚在故事中睡著。不曉得夢裡黃鼠狼仙有沒有來捏他的鼻子？那群小黃鼠狼崽子是不是都溜了？

奶奶看他睡得熟、睡得香，不敢抱他到床上睡。深怕這麼一移動，會驚醒了他。

她知道，小楊喚是不哭不鬧的，但睡得好好卻突然被搖醒過來，奶奶心疼，就任由他睡麻手臂，也不願動一下。

搖著蒲扇，故事早已說完，那就輕輕哼唱兒歌。奶奶不自覺的唱起了〈小白菜〉。

「唉！可憐的孩子。生下來就沒有媽！」奶奶感嘆的說：「我能多疼他一點，就多疼一點。我愛這孩子，不知還能愛多久。」

「奶奶，你在說什麼？」小楊喚忽然醒來。日頭漸漸西斜，斜陽從窗櫺照著這祖孫相依的畫面。

「起來吧！去裡頭玩。你後母今天從娘家回來，我得燒飯了。」

「後母」這兩個字眼一出，小楊喚像是忽然受驚的小兔。怎麼一個月這麼快就過去？她們歡歡喜喜要回來，他拉長臉憂愁走開。

親生母親應是小楊嗅最親的人，但他卻沒有感受過一天母愛，她死得太早，媽媽的樣子在他腦海中只有模糊的想像，模糊的幾乎沒有形象。

而奶奶搖著蒲扇走在院子裡，美好的感覺一直湧在心頭。應該流動的故事，凝固在黃鼠狼仙的情節裡。黃鼠狼崽子一哄而散，從此以後，他再也沒有聽過奶奶講故事了。

＊　＊　＊

奶奶說故事很好聽，那是很久以前的事，也是童年記憶中僅剩的美好。印象中的爺爺一直生病，幾乎是在炕上度日子。

菊花島上的森林，不知現在如何？爺爺、奶奶早已死去，他們是不是化作自由的白雲了呢？

忽然想起奶奶，好深刻且令人激動不已的感覺，讓他不由得淚水滿面。她搖動蒲扇的身影，是不會消失的夢幻，永遠留在那座宅院裡。

時間從不稍作停留，故事總要繼續。冰天雪地的東北還是有春暖花開的時刻，那野地裡的動物是不是又溜出來了？狐狸呢？兔子呢？啄木鳥呢？

記憶中的喜鵲小姐、老杉樹公公、白兔弟弟、畫眉姑娘、蜜蜂老師，還有被警告不許做壞事的狼和狐狸，一不小心就熱熱鬧鬧的跑進了心中的森林裡。

楊喚將思緒收回來，鋼筆與回憶在稿紙上滑動，心想：「我要為我心中的森林寫詩。」

〈森林的詩〉

「太陽好！

早晨好！」

喜鵲小姐第一個睜開眼睛，
打開綠色的百葉窗，
向剛才來上班的太陽，
向剛才起床的早晨，
一遍又一遍地叫。

頂著滿頭的露珠，
小菌子從四面八方來集合了，
排成一列列的小隊伍，
讓風先生做指揮，
在鋪遍野花的操場上
開始作體操。

啄木鳥叔叔最被大家尊敬，
因為他是一位熱心腸的好醫生，
每天都是從早忙到晚，
還沒吃過早飯，
就被請走給老杉樹公公去看病。
不帶體溫計，
也沒有聽診器，
他仔細地給老杉樹檢查，
用他那長長的，又尖又快的大嘴巴。

白兔弟弟最聽媽媽的話，
一早起來就刷過牙，洗過那長長的大耳朵。

他是辛勤的小園丁，
不偷懶，愛工作。
他種小花小草，
種一畦小麻豆，也種一畦小胡瓜。
他最高興的是看著
播下去的種子變成了嫩芽。

畫眉姑娘是個小小的音樂家，
可是她不願意躲在家裡吹口琴。
她怕住在森林裡的朋友們太寂寞，
就飛東飛西去訪問，
讓辛苦了一天的朋友們坐下來休息，

讓她唱幾支這世界上最好聽的歌。

狐狸和狼不再做那些壞事情，
他們現在是親熱的好鄰居，
一對用功的好學生，
他們在一起散步，在一起上學校，
蜜蜂老師教他們唱歌，教他們識字，
森林就是他們的大教室。

貓頭鷹長年地戴著一架大眼鏡，
你該知道，他是最有學問的老博士，
白天他把自己關在屋子裡，

讀那一厚冊一厚冊的硬皮書，
到晚上一點也不想睡覺，
不停地對著月亮和星星講故事，
一歡喜起來就怪聲怪氣地笑。

赤足走在花叢間

七月，天氣熱得讓人呼吸困難。夜裡吹來一陣陣涼風，紓解熱的難受，那是因為午後一場雷陣雨，讓夜晚涼爽了。

楊喚在鵝黃燈光下很焦慮，鋼筆在給好友的信上游動，寫下一篇寓言故事，表達了他的心情。

有一隻鴿子失落了牠的夥伴，失落了可愛的藍天和白色的雲朵，失落了溫暖的巢。牠變成了一隻飛在夜裡的蝙蝠。牠，這隻變成了蝙蝠的鴿子，只能在夜裡才飛起來，但牠不甘心於那黑暗的夜。牠要太陽和藍天。但夜畢竟是夜，永遠是黑暗得像潑了墨。這隻變成了蝙蝠的鴿子發怒了，牠開始詛咒這夜，牠暴躁的叫，暴躁的飛……

一顆不安的心，存在他的胸膛裡。楊喚到底想要什麼？

他想飛？

他是飛翔了。在離家之後，一年又一年的時光中，菊花島只是記憶的一部分。楊喚希望自己是一隻真正自由的鴿子，不再是害怕陽光、畏縮在屋簷角落的蝙蝠。經過那麼多創傷與考驗，心靈期待的是尋找生命中的美好。

哪裡可以找到這樣的美好？他往孩子身上尋找。兒童是隱藏翅膀的天使。

但楊喚覺得自己不是天使，連一點點想成為鴿子的渴望，都是奢求。他是一隻蝙蝠，至少小時候是。

＊　　＊　　＊

舉家搬到菊花島對岸的沙後所之後，遺傳性病症讓爺爺的身體越來越糟，終於，在一個深秋之後，他僅剩呼吸的躺在炕上。這種底下接著廚房灶爐的床鋪，終年保持溫暖。爺爺全身癱瘓，再也動不了。

這下可苦了奶奶，她要服侍爺爺，又要操勞家裡大小事，早就疏忽對小楊嗅的貼心照顧。

奶奶已不再為他講故事，小楊嗅有一種強烈的失落感，讓他越來越自卑。他似乎明白，卻又不明白。奶奶原是小楊嗅的最愛，為什麼連這點慰藉都消失了呢？

為了爺爺的病，奶奶勞苦不已，後母不允許奶奶再親近小楊嗅，尤其不許再講故事。

「媽！你這樣會把這小子慣壞，別再理他了。」後母指著奶奶數落。

奶奶只能落寞的小聲抗議：「他是我的孫子。」

「慣壞不好，以後很難教啊！」

「可是……」

「好了！別可是了！你去煮飯吧！」後母指使，聲音越來越大，「還有，別再燒焦了，拜託你，專心一點好嗎？不是只有你累啊！我還有兩個女兒要照顧，外帶那小子。我才累啊！」

用「野孩子」形容小楊喚是再貼切不過了。這後母不愛的髒小孩，蹲在巷子裡挨餓受凍，眼巴巴望著家門不敢進去。

鄰居大娘實在看不下去，喊著：「孩子！來吧！我這兒有饅頭，我這兒有熱粥。」

小楊喚餓昏了、冷壞了，跟著大娘到她家。他抓起饅頭就啃，捧起熱粥就喝。

「可憐的孩子啊！」大娘搖搖頭。

他吃著吃著眼淚就淌出來，「大娘啊！我的親娘呢！她是怎麼死的？」

大娘也哽咽。她說不出原因，只能淡淡的說：「孩子啊！你跟你親媽沒緣分。」

小楊嗅的眼淚又淌出來，大娘也陪著落淚。

「吃飽了嗎？大娘幫你洗個熱水澡，換個乾淨衣服。髒衣服我拿去洗一洗，過兩天幫你送到家裡。」大娘擦乾淚水。

已經好久沒人這麼疼的小楊嗅，深切感受這是一種愛，一種曾經從奶奶身上得到的厚實的愛。這種感覺很久不曾出現，無論如何，小楊嗅覺得好珍貴。他接受大娘溫暖的幫助。

然後，他歡天喜地回家，卻不得了了。

後母早聽聞他在人家家裡有吃有喝又有穿。廳堂上，正拎著一根藤條等著他。

「好像我都不給你吃似的，要飯要到隔壁去。看我今天怎麼修理你。」怒氣沖沖的後母，舉起藤條就打。

她越打越氣，越氣越打。小楊喚躲都沒地方躲，乾脆跪著、忍著、痛著。藤條一下打在臉上，打腫了臉，紅腫的傷痕慢慢滲出血來。血流滿面像綻放的紅花，他暈了過去。

奶奶哭著哀求：「別打了，別打了，再打會出人命！」

後母氣急敗壞的丟掉藤條之前，又補打兩下，才憤恨的走回廂房，「丟我的臉，哼！我讓你吃不完兜著走！」

那夜，小楊喚在炕上忍著疼痛睡著，緊緊抱著媽媽唯一留給他的軍毯，想像媽媽的味道，那是他僅剩能撫慰心靈的東西。

鄰居大娘愧疚的拿傷藥來。奶奶用熱毛巾輕輕擦拭他的傷痕，再敷上藥。

「疼！」他半夢半醒喊著。

「我會輕點，我會輕點。」奶奶無可奈何的擦著淚。

*　*　*

十多年過去，點點滴滴回憶化作筆下詩歌，他期許天下的孩子不再悲苦，他的行動就是為兒童而寫，「我要拉出隱藏在孩子背上的翅膀，天真的去當一個小天使。」

又到了菊花島的春天，百花開得像爆開的炮竹，劈哩啪啦！充滿聲音似的熱熱鬧鬧。奔跑在那片草原上，暫時讓悲傷隱形了。

赤足走在花叢間，微風吹起蒲公英，鈴蘭花搖著小鈴噹，牽牛花吹起小喇叭。下起雨了！百合花像在洗臉，小溪的水滿起來，才想起要摺紙船放流，陽光忽然又露出笑臉。

楊喚在書桌前寫信，原本陷入悲傷，只因一個如沐春風的靈感閃過，他的鋼筆在稿紙上寫下幾個題目。

他要整理整理心境之後再寫詩。擬人法是寫童詩的好技巧，讓童話般的人物從詩中溜出來。

「嗯！就這麼辦！我要讓小紙船揚起帆。」他的筆動起來了。

〈花〉

叮呤呤，叮呤呤

鈴蘭花搖響一串串小鈴子；

嗚拉拉，嗚拉拉，

牽牛花吹起一隻隻小喇叭。
有細雨給漂亮的百合花洗臉。
有微風給白頭的蒲公英理髮。
有夜鶯為紅玫瑰歌唱。
有太陽跟康乃馨親熱的談話。
有蜜蜂介紹花朵和花朵結婚。
花的家族，最美也最大！

花，是人們最好的朋友。
花，去訪問學校、醫院，
和每一幸福溫暖的家。
花，把香氣散滿了這世界。

花，開在中國、日本、美國和西班牙。

〈下雨了〉

下雨了。
太陽怕淋雨回家去休假。
火車怕淋雨忙著開向車站。
汽車和腳踏車還有老牛車也都忙著趕回家。
可憐的是那高大的電線桿和綠色的郵筒，
淋著雨站在街頭一動也不能動。
花朵和樹木都低頭流淚。
小鴨和小鵝浸在泥水裡玩得最高興。
麻雀躲在窠裡睡了覺。

小妹妹怕聽那轟隆轟隆的雷聲，
爬上床又蒙上被還捂緊了耳朵。
迎著風雨，只有勇敢的海燕，
不停地在海上向前飛行，飛行。

〈**小紙船**〉

你就快點摺起一個小紙船罷，
別捨不得一張白色的勞作紙呀，
再用你五彩的蠟筆
畫上一個歪戴著白帽子的小水手。
小蟋蟀是去參加一個音樂會，

要過河去唱歌；
小螞蟻忙了一天想媽媽，
要過河趕回家。
你看，你看他們都等急啦！

當那太陽先生向白天告別的時候，
當那雲彩小姐被吻得羞紅了臉，
當那蝌蚪孩子要躲在河床下休息，
就讓你的小紙船揚帆罷！

讓它浮過小橋，
讓它輕輕浮過小橋，

可別驚醒了睡在小河上的晚霞。

快點划！快點划！
千萬叮嚀你的小水手
別在半路上停了船哪，
別讓他靠了岸去給他的小戀人
採那開得金黃金黃的蒲公英花。
你該知道，這時候，
那熱鬧的音樂會上已經響過一遍嘹喨的小喇叭，
就是小螞蟻的媽媽也正焦急地等著他回去吃晚飯哪。
等那月牙兒向小河照鏡子，

等那星星們都頑皮地鑽出了頭，
等那夜風和小草低語的時候，
等那花朵都睡了，等那蟲兒都睡了的時候，
螢火蟲也該提著燈籠來了。
讓他們迎接你的小紙船和那忠實的小水手，
平安地彎進那生遍蘆葦的靜靜的小港口！

升學是為了離家

一月冬意，東北正是大雪紛飛。臺北的天空卻湛藍到彷彿可以透視太空。空氣中僅是一層薄薄涼意，稱不上冷，但這也是冬天。

楊喚心情極好，牽出腳踏車，直往郊外騎去。當年離開家鄉，離開後母，一切的改變就像陰霾的天氣露出陽光。

夜裡，點亮檯燈，坐下來，敞開湛藍心情，找出今天的美麗，他攤開信紙給好友寫信：

騎著腳踏車從營房裡出來，穿過不知道幾條大街，我便沿著淡水河的水堤溜下去。河面上是氤氳的一片晨霧，煙水茫茫，有一只小船載著那些青翠的竹竿，搖啊搖的，搖近了。

他果然是一隻白鴿，飛翔了。在離家多年之後，找到自己的一片藍天。

* * *

自從遷移到菊花島對岸的沙後所之後，家境開始走下坡。爺爺、奶奶相繼在這段時間去世，小楊喚完全落入後母手中，命運更是悲苦。

奶奶過世，讓他最後的依靠瞬間消失。在風中，小楊喚望著棺木埋進土裡，就像僅剩的希望與親情也埋入土中。他已無語，湧上的是憂鬱與失落。

每當夜闌人靜時，小楊喚抱著軍毯，所能做的也只有哭泣。他從小的確就是以痛苦做食糧，被眼淚餵養大的。

雪花在夜裡飄落，冰冷的銀白世界，美麗在他眼裡，但裹在身上的大衣很單薄，美麗是一場承受不住的寒冷，身體在發抖，心也在發冷。

一陣雪後，一隻小白鴿在屋簷前飛起，小楊喚忽然燃起希望，這希望很簡單，就是「離家」。

「如果我要離家，要用什麼方式呢？」哭過之後的小楊喚開始思考未來。

他想起爸爸說過，如果有本事，只要考取學校，他就資助學費。小楊喚有了目標，他非常用功，除了積極升學之外，另一目的就是離家。

難得與父親對話，父子面對面坐在廳堂，小楊喚奉上一杯茶。

爸爸生意在外，終年忙碌，常常應酬喝得醉醺醺。小楊喚平日看到父親總是躲得遠遠，雖是父子卻總覺陌生，但他今天鼓起勇氣刻意接近。父親倒是有點意外，平時不願親近的兒子竟會奉茶給他，他有點欣慰，能喝兒子親手捧來的茶。

小楊喚抓住機會拿出在校成績給父親看，漂亮的名次不外乎是告訴父親他是念書的料子。

「爸，我這學期又考第一名。」

「哦！真的！在哪？我要仔細細看看。」父親露出笑容，略帶著急的想看成績單。

小楊喚指著自己的名字，沿著表格將各科成績指出來。最後一個格子寫著第一名。

「嘿！我的兒子這麼了不起！真給我考了第一名。都是九十幾分，不錯！不錯！」父親瞇著眼再仔細瞧瞧每科分數，「哦！語文成績更高，九十九分。」

小楊喚看出父親的歡喜，他趕緊說出心中盤算已久的計畫。他知道，此時不講出來，恐怕沒有機會。

這樣的好成績，他相信一定可以說服父親。尤其能為他臉上添光彩的事，父親一定巴不得他趕快去做，好讓自己能到處去說，說自己養了一個會念書的兒子。

「爸，有件事情想跟您商量。」小楊喚逮到機會說。

「什麼事？你說。」已經在興致上的父親爽快的問：「這樣好成績，我是應該獎勵你。說吧！你要什麼？」

「我什麼都不要。」

「什麼都不要？」父親疑惑，看他一眼，想了一下說：「我這裡有錢，叫你後媽帶你去做幾件像樣的衣服。瞧你也老大不小了，衣服怎麼還破破舊舊？」

「衣服破舊還好，挺好穿，也夠暖和。我不需要添新衣服。」

「你不要衣服？」父親總覺得該給小楊喚買個什麼，他又說：「不然，給你買部單車。」

沒想到小楊喚還是拒絕：「爸，我不是來向您要東西的，我是有事想跟您商量。」

父親大概聽懂了，回答：「什麼事？」

「您看我的成績如何？」

「很好啊！咱們家族除了你二伯，就屬你最會念書。」

「老師說我該考個初中，以我這實力絕對沒問題，他建議我繼續升學。」

「考初中？」父親眼睛一亮，「這是為咱們楊家掙榮譽，你若能考上，我沒理由不讓你去。」

「您的意思是我可以報考囉！」小楊喚想不到父親這麼輕易就答應。

「嗯！你只要考得上，學費不用操心。」父親點點頭。

他的心情一好更是大方的說：「對了！那衣服照樣去做，單車照樣買給你。」

小楊喚很少得到父親的讚美與禮物，今天的慷慨讓他有點訝異，但主要目的達到，才真讓他雀躍不已。

父親不是不關心，只是常常早出晚歸，無暇對他關懷。

當小楊喚遞上成績單的那一刻，父子間的情感似乎築起了橋樑，忽然由冷淡而溫熱。父親多麼得意自己的兒子能念書，那夜他覺得自己的下巴舉得很高。

小楊喚知道若要改變命運，這正是最好機會。十三歲，熬了那麼久的苦日子，他該為自己的未來打算，若要有出息，他必須飛翔。

報考初中是唯一飛翔的機會。他更刻苦讀書，一定要考上學校，若考不上，一切希望都會成為幻影。

小學畢業後，他的努力果然得到回饋，順利考取初級農業職業學校畜牧科。這讓他的父親很有面子，到處宣傳，說自己家裡出了個未來的狀元。他當然也就心甘情願為小楊喚付學費。

升學的目的是為了離家，然而升學也為他開啟另一段璀璨人生。白鴿飛翔了，在那片藍空裡。

* * *

鵝黃燈光下，楊喚想了一下，望一望天花板。他想讓好友知道他的生活是多麼充實，早已脫離陰天似的心情，應該將陽光分享出去。他在信紙上寫下：

走進彎彎曲曲的狹巷，展開在我面前的是竹林，是稻田，是柴舍，有細碎的鳥啼，風帶著霏霏的細雨，掃過我的面頰，

迎面有三位穿花裙的姑娘，撐著傘走過來了。有幾頭長角的水
牛，被兩個孩子拉著，走過來了。遠處在迷濛的雨氣裡的，是
一條發亮的河，像蛇一樣爬過去，爬過綠色的大地……

這短短的出遊，吸收了陽光裡快樂的紫外線。楊喚看著身旁的腳踏車，想到父親曾給他的禮物，這是充滿親情的回憶，也是他與父親之間僅有的美好。

矮牆邊的小蝸牛還蜷伏在殼裡，等待春雨來時探頭。他想著小蝸牛揹著房子走路、爬樹的模樣，笨重、緩慢，那麼狹小擁擠的家，一定溼熱骯髒。但能背著房子旅行好像也不錯！他心想，這是可以寫成詩的。

他觀察小螞蟻，這一群小工人很勤奮，卻只搬得動餅乾屑，這想來就覺得有趣。下雨了，小菌子能為牠們撐傘；過河了，花瓣當起船來。

多年過去，心裡也許苦悶，但想像自己躲進孩子的身體裡，那釋放的天真

是最能讓自己快樂起來的。

快樂可以分享，最簡單的方式就是化作筆下的詩，給孩子找回一點區別學校教育的作品。他著急的寫下來，這忽然來的靈感，一定要抓下來放在紙上，不然，一轉眼就會溜得無影無蹤。

〈**小蝸牛**〉

我馱著我的小房子走路，
我馱著我的小房子爬樹，
慢慢地，慢慢地
不急也不慌。
我馱著我的小房子旅行，
到處去拜訪，

拜訪那和花朵和小草們親嘴的太陽。
我要問問他：
為什麼他不來照一照
我住的那樣又溼又髒的鬼地方？

〈**小螞蟻**〉

我們是一群不偷懶的小工人，
搬不動哥哥的故事書，
拉不走姐姐的花毛線，
我們來抬小妹妹吃剩下的碎餅屑。
下雨了，
有小菌子給我們撐起了最漂亮的傘；

過河了，
有花瓣兒給我們搖來了最穩當的船。

將聲音放進詩裡

過了子夜，已是三點鐘，這正是別人睡意正濃的時候。窗外月色溶溶，夜涼如水，我從家又想到家鄉朋友，又想到——太多了。我把自己安排在一齣編得很美麗的夢裡。

楊喚趕緊起床，夏夜總是充滿很多聲音，他猜是紡織娘在紡織，也許是小蟋蟀在高歌，而夜裡絕對少不了青蛙呱呱呱。他仔細聆聽，心情極好。

原本還有點下雨，雨停之後，天空洗得很乾淨，月亮出來顯得更為皎潔。這是適合寫詩的深夜。屋簷的蜘蛛網遭風雨弄壞，現在小蜘蛛重新織網，這也引起楊喚駐足觀看。

看了一會兒，他去散散步。夜很涼，很適合思念。他懷念家鄉的朋友，很想寫信給他們。尤其是劉妍，想到她，淚水就掛出來了。曾經的期待化作筆下的——

〈期待〉

每一顆銀亮的雨點是一個跳動的字，
那狂燃起來的閃電是一行行動人的標題。
從夜的檻裡醒來，把夢的黑貓叱開，
聽滾響的雷為我報告晴朗的消息。

在點亮檯燈的書桌前靜思。他寫信，只是無法寫給家鄉，只好寫信給遠在澎湖的摯友。也許發發牢騷，但無法釋懷的絕對是那群在初中結識的結拜兄弟。

＊　＊　＊

雖然十三歲正是半大不小的年紀，但對楊喚而言，卻是真正長大。環境迫使他成熟自立，羞澀也許還藏在心中，但他儼然是一個大人，面對的是起步的未來。

他的視野忽然開闊起來，有別於家鄉的世界很精采。他不再悲苦，結交了許多跟他一樣年紀的夥伴。

曾經嘗盡痛苦悲傷，此時擁有友情溫暖，心思敏銳的楊喚，內心起了好大的變化。為了平衡奔騰的心靈，他決定寫作，藉寫作釋放心中情感。

文章是一股力量，可以散播思想，也可以凝聚思想。也許天生是一塊創作的料，他一動筆就有令人驚豔的作品，常有一些讀者來請教，他也不吝於分享。

他結交一群慕名的好友，其中最好的朋友，是我亞、劉騷與劉妍兄妹。楊喚年紀稍大，課業、體育、寫作都相當傑出，自然成了他們的大哥，大家對他非常崇拜與尊敬。

「出門在外需朋友，你們這麼照顧我，真是我的知心好友。」楊喚說。

「是你照顧我們吧！」劉騷回答。

「我的心思比較細膩，想得比較多。我是提醒比較多吧！唉呀！其實就是嘮嘮叨叨嘛！」

「光是這一點就太厲害了！讓我們避開了許多麻煩事。而且還好有你耐心輔導我們的課業，讓我們始終維持好成績呢！」

楊喚有些害羞，笑著搖搖手，「我們是朋友，這沒什麼啦！」

「朋友是用來互相提醒的，朋友是用來互助合作的。」我亞笑著說。

「朋友是用來患難相助的。」劉騷接龍般的接下話。

「朋友是用來結拜，就像劉關張桃園三結義一樣。」楊喚接這樣一句話。

忽然，他們相視而笑，不再說話。空氣變得很溫暖，大家心中的一股暖流緩緩交會著。眼前一片陽光灑在地上，三人影子重疊。

這種美好感覺，楊喚從不曾有過，此時，他沉浸在這情意真摯的友誼裡。不需要太多的言語，只要感覺就好。

他的眼淚流出來，但這淚水有別於從前的絕望，這淚水是友誼間的感動與希望。

從小得不到太多愛的楊喚，友誼讓他頓覺心門是可以敞開的。他終於明白，唯有將自己的心門開啟，才有權利打開世界的窗。

「我們來結拜兄弟！」楊喚再度開口了。

劉騷點點頭，我亞也點點頭。他們點香，跪在地上。楊喚領大家舉香過頭，然後向天發誓：「我、劉騷、我亞從今天起，結拜為兄弟。」儀式簡單隆重，不同血緣卻似乎流著一樣的熱血。

劉妍在一旁嘆：「只恨我是女生，不然，我也要和你們做兄弟。」

我亞開玩笑說：「你可以當大哥的女朋友啊！」

這麼一說，弄得劉妍嘟嘴生氣。楊喚害羞了，整張臉脹得很紅很紅，但心裡卻嘗到說不出的幸福滋味。

如果家是楊喚人生的傷心處，那麼學校就是他人生的重生地。他揮揮手，一隻真正的白鴿終於飛向藍天。他不再是骯骯髒髒老躲在洞穴裡的蝙蝠。

美麗回憶是一首動聽的歌曲，值得一聽再聽。這群稱兄道弟的摯友，讓楊喚了解人生美好，知道還有很多事要做，其中一件最讓他篤定的就是用一枝鋼筆寫文章。

中學期間，有更多機會接觸書籍，他的眼界大開，吸取更多知識的養分。兄弟一起讀書、一起寫作、一起打球、一起郊遊，總有聊不完的話題，他體驗到學生生活是如此快樂。

晴朗的雪天，我亞哼著一首兒歌：「雪霽天晴朗，蠟梅處處香……」

「走！我們去看雪，我們郊遊去。」楊喚像是忽然有了靈感的說。

「又不是沒看過雪！這麼冷的天去郊遊，有沒有搞錯？」我亞懷疑：「大哥，你哪來的興致啊？」

「你給的靈感啊！」

「什麼？我！」我亞驚訝的回話：「我什麼時候說要去郊遊了？」

「你是沒說，但你用唱的。」

我亞想了一下歌詞，哈哈大笑：「是啊！我是用唱的。今天陽光朗朗，梅花也開了，很符合『雪霽天晴朗，蠟梅處處香』的景色啊！我贊成去郊遊，去看雪。」

「呵！雪有什麼好看的？」劉騷接話。

楊喚笑著說：「白雪有一種浪漫，跟我一起寫作，怎麼可以沒有像雪一般的情懷呢？有時去玩的地方不重要，重要的是跟誰一起去！」

「對對對！當我們在一起，再無聊的地方都好玩。」劉騷笑著說。

「說的也是！那我負責準備一些點心。」我亞舉手。

「欸！別光顧著咱們去玩，我妹妹可得帶去啊！不然，她會跟我抗議。」劉騷認真說。

「當然囉！怎麼可以少了劉妍！」我亞調皮的做了一個鬼臉，「我們也要為大哥想一想。」

「我亞，別鬧！」楊喚使了使眼色，有點羞，心裡卻很高興。

臘月，梅花盛開，厚厚的雪地鋪上一層薄薄的陽光。一個有日頭的日子，那是寒冬裡難得的溫暖。

他們騎著單車來到郊外。雪天的美，需要駐足欣賞。幾個兄弟就是要彼此溫暖關懷。

「我好久沒有這麼看雪了！原來細讀白雪，它是這麼的美麗。」楊喚帶點憂傷的說。

「在咱們東北，冬天下雪是尋常事，這雪有什麼了不起！被你說成這樣，好像它很神聖。」我亞不解的說。

刻意藏在心底的往事，對楊喚而言或許冰封在雪堆裡比較好。他淡淡一笑，沒有再說下去。那笑容有一抹淺淺的憂傷，幾乎沒人察覺得出來。

但劉妍心細，她看見楊喚輕輕且快速皺了一下眉，也聽得出話語中深藏著哀愁。

「怎麼了，心底有事？」她問。

「沒，沒有！」楊喚吞吐了一下，然後避開話題，「擁有你們，是我人生最快樂的事，我還能有什麼事呢？」

「你……」劉妍想要追問。

劉騷搶過話，快意的說：「你看這有陽光的雪天，不遠處的梅花一朵朵綻放，還真像那首歌『雪霽天晴朗，蠟梅處處香』的感覺，讓人心曠神怡。這麼美的風景，怎麼還會有事呢？沒事沒事。」

敏銳的劉妍住嘴，睜大眼睛望著楊喚，這一看可把楊喚看低頭了。他雖害羞，心裡頭卻暗暗歡喜，畢竟只有劉妍看透他的心思。

若說好，她懂他；若說不好，她讓他無所遁形。

楊喚暗暗的喜歡劉妍。

擁有青春的美好，就像享受眼前明媚的美景，對楊喚而言，一切都是新的開始。梅花開了，雖然還是酷寒，但意味春天不會太遠。

他們走進梅園，有些花瓣在風中飄落，幾朵梅花不經意的伴著雪花落在劉妍的頭髮上。

劉妍本能的撥一撥，撥下雪花卻留下幾朵梅花在髮際裡。楊喚想主動幫她取出，卻又住手微笑。

楊喚低聲說：「就讓梅花在你的髮際多停留一會兒。」

「大哥，你說什麼？」劉妍問。

「沒什麼！」楊喚臉紅低下頭。

淡淡的愛情從心中浮現出來。頭髮上有幾朵梅花點綴的劉妍煞是好看，但這發現是屬於楊喚獨自擁有的。

劉騷、我亞完全沒發現，眼前只是一片銀白。他們看不到那輕輕巧巧落在髮間的淡紅，就算看到了，也沒什麼感覺。

下雪有沒有聲音？楊喚與劉妍都聽見了。

*　　*　　*

回到現實，夜已深。地屬南方的臺灣終年不會下雪，雪留在心中是一片美好，美好是必須收藏的。他想寫詩了，筆尖停在稿紙的第一格。

充滿聲音的夏夜熱熱鬧鬧。他想將聲音放進詩裡，運用狀聲詞，克利利！克利利！小蟋蟀在夜裡鳴叫，不正是媽媽哄小孩入睡的兒歌！聽蟋蟀的歌聲可以一覺到天明。

雨後，蜘蛛網破了。勤勞不懈的蜘蛛又織起網來，牠等待的是小昆蟲的誤闖。

楊喚想像，蚊子掉進蜘蛛網，小蜘蛛忙碌起來；蒼蠅撞進蜘蛛網，小蜘蛛飽餐一頓。但是，小蜜蜂別亂闖啊！楊喚忍不住警告蜜蜂。

當露珠掛在蜘蛛網上，這是小蜘蛛最美的家。楊喚盡情的用擬人法，讓童詩活蹦亂跳，充滿趣味。

〈小蟋蟀〉

克利利！克利利！
媽媽的故事真好聽。
克利利！克利利！
洋娃娃的眼睛真好看。
克利利！克利利！
誰讓你的小臉和小手黑又髒？
克利利！克利利！

不哭不鬧睡一覺，
我的歌兒唱到大天亮。

〈小蜘蛛〉

要黏住小蚊子討厭的尖嘴巴。
要黏住小蒼蠅亂飛的小翅膀。
蜜蜂姊姊小心呀，
可別飛到這裡來給我送蜜糖！
風兒把落花吹上我的網，
露水把珍珠掛上我的網：
最漂亮的呀，
是我家。

懷念劉妍

楊喚是一個詩人、作家，當他投入創作的時候，眼前的藍天浮雲是詩的節奏，身旁拂過的秋風是散文的段落，耳裡傳來的蟲聲是童話的想像。

書寫是寂寞的，只能自己與自己對話，自己凝視自己的心靈。縱使題材如千山萬水般豐富，想像能自由穿越古今未來，但當靈感陷入荒漠，鋼筆停下來之時，他會感到焦慮。

想起劉妍的鼓勵與陪伴，常常將他從焦慮中拯救出來。

「若要寫作，你就要享受寂寞。」楊喚想起她的話。

「還是劉妍懂我。」他想念她。

淚水不由自主的掛在臉上。那是很青春的年紀。楊喚翻出曾經寫給劉妍的詩〈懷劉妍〉，輕輕地念了出來。

閃動著，閃動著的，是妳的眼睛，
流過來，流過來的，是我們的愛情；
每當我回到走近來的過去的日子，
我的心就一如美好的田野和亮藍的星空。

那時候，那時候我們都該有多傻呀，
焦躁地守候著一個不會到來的童話，
日日夜夜地夢想著要駕金車飛去，
白色的馬是雲彩，美麗的軛是虹……

有一天，妳發覺：我的歌聲失蹤了，
那是因為我要去追尋我理想的神燈；
離開妳的愛撫和親人們的庇護，
獨自走進這冰冷的世界上來旅行。

可是，我呀，是如此地脆弱與卑污，
竟時時錯誤地滑落，如一粒脫軌的流星，
不是在懺悔著我不該遺棄了我的旗幟；
就是咒罵自己：怎麼又做了一次怯陣的逃兵……

此刻，黑暗的屋子，像沉悶的舞臺，
沒有妳溫柔的投射與愛的照明；

我躺著，像突然跌倒下來的悲哀的角色，
把這首懷念的詩朗誦給不在的妳聽。

時空是會穿越的，楊喚彷彿回到少年時期，他偷偷約劉妍去郊遊。

*　　*　　*

劉妍紮著兩條辮子，穿著天空藍布衫，墨黑百褶裙，笑起來淺淺酒窩，甜美的像飲一杯蜂蜜。齊眉瀏海隨風飄動，一股淡淡香氣自她身上飄出。她是一朵原野上的向日葵。

楊喚騎著單車載著她，奔馳在麥田邊的路上，午後的陽光與風將他們變成一幅美麗的畫。

「長大之後，你會不會娶我？」劉妍挽著楊喚的頸子大方的問。

臉上又泛起玫瑰紅的楊喚，輕輕點頭，然後害羞的擠出一字：「會！」

楊喚從來沒有如此感受過愛的滋潤。愛情的滋味讓他洋溢在幸福之中，楊喚好珍惜。

這對天真的「羅密歐與茱麗葉」偷偷訂下海誓山盟的約定。

「長大之後，你一定要來娶我喔！」

「長大之後，我一定要你嫁給我。」

他們坐在草坡上，蔚藍的大海在眼前，晚霞照在身上。忽然，彼此都無語，時光靜靜在身上流逝。

他是她所愛的人，她是他的小愛人。

在劉妍相伴的這段日子裡，楊喚進入多產時期，寫詩、投稿、編刊物，慢慢讓他成為一位知名詩人。

後來，劉妍舉家搬到邊城開原。楊喚忽然間少了一個兄弟和一位摯愛。由於距離有點遠，不易與劉妍見面，這可苦了他，只能以相思與書信凝聚彼此的感情。

盼望劉妍，兩地相思。楊喚不經意在日記扉頁寫下：

也想不相思
可免相思苦
幾番細思量
寧可相思苦

他幾乎每天寫一封信。接到劉妍的回信，是他最開心的事，一封信總可以讀上好幾天。

楊喚甚至把劉妍寫來的信箋裝訂成冊，還親自畫了張精美的封面，他為這本書取名《白鳥之歌》。

細讀《白鳥之歌》，溫馨的書信觸動濃情密意，忍不住的雙腳衝動的就往開原走去，他輾轉搭車，一路詢問，真的來到劉妍家門口。

楊喚在出發之前已經寫信告訴劉妍了，信一寄出沒多久，他收拾簡單行囊出門。當他抵達時，她才剛剛收到信。

這一會兒，劉妍在屋子裡讀信，還笑說楊喚傻！這一趟路不容易，花時間不打緊，還要花錢。但心裡卻覺得很窩心，在乎的人要來看她，喜孜孜的表情浮現在臉上。

她聽到敲門聲。天就要黑了，誰會這時候來拜訪？心想：「可能是鄰居李大娘要來找媽媽。」一邊想邊去開門。

當大門打開之時，劉妍簡直驚到說不出話來，不敢相信眼前所見，她很懷疑，非常懷疑是不是看錯。

眼前不就是楊喚嗎？

這怎麼可能？剛剛還在讀信，信上說要來開原，只是聽見敲門聲，門外站的這個人竟然是他。

劉妍心跳得好快。天底下沒有這麼巧的事情，就算刻意安排也不會這麼剛好。

她關上大門，不願相信。她快要叫出來，眼前真的是楊喚啊！然後，又打開大門。劉妍開心的快要暈過去。

要不是楊喚先開口，劉妍大概會真的昏過去。

「是我啊！我來看你。」楊喚說話了。

「你怎麼真的來了？」劉妍緊抓他的手。

「我太想你。」楊喚拿出《白鳥之歌》，「讀你的信，不如來看你，這才能安我一顆心啊！」

「我剛還在讀你的信，知道你要來。轉身開個門，你真的站在門口，這怎麼回事？有魔法嗎？」

楊喚傻笑著點頭，說：「確實有魔法！」

劉妍的心是受驚的小鹿，歡喜得忍不住往家裡頭大叫：「媽媽！哥哥呀！楊喚哥哥來了！」

「什麼？」劉騷回話：「你不要亂說！這怎麼可能？」

劉妍抓著楊喚的手就要往屋子裡面拉。媽媽先出來，笑咪咪的看看楊喚，還不忘小小指責：「大姑娘家怎麼拉著人家的手，害臊喔！」

劉妍忽然發現失禮，急忙放手，臉微微紅了，急著介紹：「媽，這就是我跟您提過的才子楊喚。」

「伯母您好！」楊喚鞠躬，打了聲招呼。

「你好！」媽媽仔細端詳散發書卷氣質的楊喚，高興的說：「劉騷、劉妍說你多好多好，今天終於見到你，果然有謙謙君子風範。」

劉騷從屋子後面出來，也是吃驚：「你怎麼來了？」拜把兄弟倆相互擁抱，那段學校的日子不斷的、不斷的在腦海中湧現。

「趕快請人家進屋子。」媽媽催促著。

兄妹倆忽然回神似的，這才領著楊喚進入客廳。那天晚上，劉妍和媽媽在廚房做菜，劉騷和楊喚在客廳話從前。

夜裡，他們聊得很晚。劉騷睡了之後，楊喚和劉妍還有說不完的話繼續著。他拿著《白鳥之歌》直嚷嚷說要念信給她聽。

「不要！我不要聽！人家羞！」

「怕什麼？你寫給我的信，還怕聽。」楊喚逗著說。

「你看就好了，何必念出來！」

「念出來才知道你寫得多好，多麼能扣住我的心。」

此時此刻，別說劉妍的書信扣住他的心，楊喚的多情也早已讓她的心激盪不已。

楊喚在劉家待了一段時間，這段時間讓他深深感動的，不僅僅是劉妍的愛情、劉騷的友情，還有劉伯母知道楊喚的身世之後，給予他長輩的疼愛。

「你是劉騷的結拜兄弟，我是他的母親，所以，你也是我的孩子。我會待你如自己的兒子。」

「媽，這不成。」劉騷搖手說。

「為何不成？」

「劉妍喜歡他，您把他當兒子，那劉妍怎麼辦？」

「哦！說得也是。哈哈哈！不能當兒子，要當女婿。」媽媽恍然大悟的說。

這話一出，弄得楊喚的頭垂得很低很低，劉妍的臉羞得很紅很紅。

學業畢竟還是要繼續，在劉家待了一段時間之後，他必須回學校。未來的事情就等畢業後再按計畫進行。

清晨，最後一顆星星閉上眼睛之後，楊喚要回學校了。他們約定就像往常一樣的書信來往。

「你來的每一封信，都是《白鳥之歌》的生命。」

「我知道。」

相伴走一段很長的路之後，楊喚才招招手要劉妍回去。目送彼此的背影，卻又不時回頭、招手，直到完全消失。

「羅密歐與茱麗葉」的愛情是哀傷的詩篇，他們的愛情也是哀傷的詩篇。誰也沒想到，這離別竟是一場永別，彼此目送的都是最後的背影。

＊　＊　＊

當一切消逝，僅存的只剩懷念。楊喚繼續朗讀〈懷劉妍〉這首詩。但他幾乎念不下去，那樣關心他的女孩，為什麼就這樣草率分離了？

「也許該怪我，我不該離開東北。」楊喚責備自己，為何不堅持留在冰天雪地的東北陪她呢？

有一天，妳發覺：我的歌聲失蹤了，
那是因為我要去追尋我理想的神燈；
離開妳的愛撫和親人們的庇護，
獨自走進這冰冷的世界上來旅行。

終於，他念不下去，因為聲音哽咽了。模糊的眼，看著詩的最後一行：

把這首懷念的詩朗誦給不在的妳聽。

一隻黑貓跳到窗前，悲傷的心情突然驚了一下。他看看時間，接近午夜。答應為孩子寫童詩，總要有一點進度。這黑貓的調皮，讓他的懷念一下子摔得滿地。劉妍又回到記憶深處，童心抖一抖就溜了出來。

「如果和劉妍在一起，我會是永遠屬於她的大男孩。」楊喚笑一笑。觀察黑貓眼睛的靈動，想到麻雀眼睛的靈活，想像小老鼠眼睛的擔憂，詩句忽然在腦海裡流動起來。

他還想像母親的眼神如陽光般溫暖，當孩子望著媽媽時，正是感受著那股暖意。楊喚的筆也動起來。

〈眼睛〉

小黑貓有兩隻黃色的大眼睛，
在沒有月亮的晚上走路，
那兩隻大眼睛就是牠的燈。

小麻雀的眼睛最靈活，
歡歡喜喜地飛起來，
找著寂寞的孩子唱最快樂的歌給他聽。

小老鼠的眼睛在夜裡才睜開，
不敢走出來晒一晒太陽散一散步，
永遠要守著一個又黑又溼的小土洞。

媽媽的眼睛像太陽那樣溫暖，那樣亮，
她微笑地看著你，她永遠地祝福你，
因為你是她最愛的寶貝兒。

你的眼睛是窗子，
要向著明亮的好太陽打開來呀！
要向著藍色的天空打開來呀！
要向著你要走的，也是最好的一條路打開來呀！
別一看見書本就懶洋洋嚷：「喔！我的頭痛！」
然後緊緊閉上，如像那闔上的蚌殼。

榮耀是您給我的

靈感是隨時隨地出現的，走在路上，坐在椅子上，甚至刷牙的時候，靈感可能像一顆明亮的流星一閃而過，若不及時抓取，就會消失無蹤。極棒的點子沒有立刻寫下，事後想不起來，是非常懊惱的事。

楊喚寫作用稿紙，但他似乎又不太喜歡用稿紙。一有靈感就隨意寫在白紙上，然後塞進衣服的口袋裡。

漫步在野外，或者靜靜坐下來時，再掏出那張皺巴巴的白紙，仔細打開，陷入凝神沉思之中。

他想著詩句要如何組合，或故事應如何開展。眼前一隻鷺鷥可能入詩，身旁一隻蚊子可能變童話。

楊喚寫詩，常常是「一片一片」詩句，塞在口袋裡，搓得又髒又爛。晚上再將這一片片面目全非的詩句從口袋掏出來，然後拼湊或再創作。他一片一片的拼出了一首小詩——

〈雲〉
不要再在我的藍天的屋頂上散步！
我的鴿子曾通知過你：我不是畫廊派的信徒。
看我怎樣用削鉛筆的小刀虐待這位鏟形皇后，
你就會懂得：這季節應該讓果子快快成熟。

他寫文章率性的很。書寫時常需要苦思，希望靈感忽然從頭腦裡跳出來，

但寫好了，他又不珍惜，很少收藏。

楊喚再次走在鄉間小路上，不經意又想起劉妍。千里之遙，不知她現在如何？夕陽西下，霞光滿天，他幻想著劉妍從黃昏中走來。

但她沒有走出來，這是他人生經歷中又一次承受的苦痛。戰爭讓一切陷入絕望，他悔恨與最心愛的人分別。

他假想著，如果現在與劉妍在一起會是怎樣？心中泛起一股暖流，屬於溫暖家庭的靈感油然而生。

詩句在腦海中彈跳，口袋掏出紙片，他要把眼前的毛蟲、螞蟻、蜜蜂寫進來。他苦思著，要為孩子寫什麼呢？思緒卻拋向他希望化身白鴿的往事。

*　　*　　*

父親重病之後言語一直模糊微弱，總要很仔細地聽，才能明白意思。學校課業忙，只能盼後母盡心照料，而他一放假，就趕緊回家接手照顧。

這一年，他要從初級農業職業學校畢業了。他在病榻前跟爸爸說話：「我要畢業了！當年您最得意的一件事，就是我考上學校，讓您有面子。」

父親睜開眼睛，嘴巴喃喃動著，聲音微小，表情卻是喜悅，「我好高興啊！」

「爸，好好養病，好起來！我希望您來參加我的畢業典禮。」

父親吃力的搖搖手：「我無法參加，我這身病。」說著，眼淚溢出來。

楊喚緊緊握住父親的手，輕輕擦拭他的淚，「我知道，這榮耀是您給我的。」

「是你自己努力來的。」

楊喚心痛，他明白，他又要再次失去親人了。眼淚不由得在眼眶中打轉，本來要忍住，但還是流了出來，隨著臉頰兩道淚水的痕路，竟是越流越多。

畢業典禮上，楊喚的成績名列前茅，不但拿到畢業證書，還獲得許多獎項，尤其文藝獎，更肯定他在創作上的努力。同學都洋溢在獲得文憑的喜悅中，但他卻顯得哀痛。

楊喚趕緊拿著畢業證書和獎狀回家，他要讓父親看一看。

父親顫抖的手看著證書姓名欄寫著兒子的名字，他感到欣慰，覺得一切都值得了。

「你為我們楊家爭光了！」

「我為我們楊家爭光，更為您爭光了。」

父親點點頭，忽然不說話，陷入沉思。多年來，他其實沒有好好愛過這個兒子，對楊喚有著太多內疚。

「離開這兒到外地奮鬥吧！」父親急著說話卻說得更模糊了。

「您說什麼？」

「離開這兒，世界很大。」

楊喚聽明白，只顧點頭，強忍眼淚。父親也停止說話了，勉強擠出微笑。楊喚有權利恨父親，但他選擇原諒，畢竟至親至愛。他握住爸爸的手更緊更溫暖。

幾天後，爸爸的手終於放開了。他是帶著安慰與幸福離開的。

離家，這是楊喚最初的想法。父親鼓勵他不只離家，還要走得遠遠的，遠到天邊，到海角。

國家動盪，時局惡劣，東北一直處於戰火。往南方走，或許是父親鼓勵的想法。其實還有一個人，更是影響楊喚決定要飛翔的直接因素。他是二伯父楊楓。

八年對日抗戰，中國戰場打得天翻地覆。清朝退位皇帝溥儀，在日本軍閥扶植之下，於東北成立「滿州國」。雖然局勢仍很緊張，但在大戰威脅之下，東北出奇的一片祥和。

東北遼寧暫時聞不到火藥味，楊喚的童年算是未碰到戰火，這也許是一種幸運，但不代表脫離戰爭。

一九四五年，對日抗戰勝利，但這勝利對楊喚而言，似乎沒有太大感覺。他的二伯父楊楓回到家鄉，才是他生命轉變的一個最大契機。

楊楓是一位醫生，抗戰期間，在國立中央大學服務，抗戰勝利後，在青島開診所。他練小楷、寫詩、喜歡文學、愛讀書。他樹立楷模為楊喚拓展視野，將楊喚塑造成一個瀟灑的知識份子。

「中國很大，你這麼年輕，不能老窩在這裡。你應該走出去，闖一闖天下。」二伯父這麼一說，楊喚心裡起了掙扎。

「我……」他支支吾吾。

「怎麼了？」

「我還沒準備好！」

鴿子終究該飛向天涯海角，作家必須雲遊四海。原本就想飛，但怎麼飛？他根本還沒想好。

二伯父的鼓勵，觸動他埋在心底的鈴鐺，搖響往南走的念頭。

只是，他還有所顧慮，一是父親，二是劉妍。父親重病，需要他留在身邊；劉妍是他的摯愛，要走也要帶著她。

「爸爸身體不好，病得很嚴重。我是長子，一定要留在他身邊，讓他安心。」楊喚跟二伯父說。

「好吧！」

二伯父不斷講著這幾年在外的情形，灌輸楊喚「這是最壞的時代，也是最好的時代」的觀念。

戰爭，讓時代動盪不安，動盪不安的時代卻是青年最易一展長才的時候。

一九四七年，楊喚度過了一個突然遭遇太多變化的夏天。他從學校畢業了，父親卻病逝了。父親最後的遺言，竟是希望他離開東北。

跟隨二伯父吧！他要告別從小未曾離開過的故鄉。

最不捨是他的戀人劉妍，一直沒有音訊。這些年，幾乎兩、三天就一封信，快畢業的這段日子，書信卻逐漸變少。一來楊喚課業繁重，二來父親重病，整個心思也就紛亂。或許他給劉妍的信少了，她的回信也就寥寥幾封。

終究，巨大的家變與想飛的衝動，讓他決定離開東北往南走。鴿子必須振翅飛翔，然而這一飛將是千里之遠。

楊喚抓起一把田間泥土，用紙張好好包起來。他暗誓再回來時，要把這包泥土再撒回故鄉土地。

楊喚寫信告訴劉妍：

妍：

你的容顏總在我靜思時出現，有點朦朧卻又清晰。我要它真正清晰，最好的方法就是你來到我身邊。我們是一對白鴿，應該比翼飛翔。差不多是時候了，我們一起往南方飛翔吧！

近日一直不見你的來信，我有些焦慮，不知你的近況，擔憂一直湧上心頭。近日家裡多事讓我百感交集，想理個頭緒處理，卻又不知所措。父親過世，令我悲痛；伯父決定帶我到南方，這也是父親的意思，我大概準備好了，先去青島。

我不要自己離開，別忘了我們的約定，要走一起走。你收到信後，趕快到沙後所來與我會合。時間緊迫，見信之後，即刻啟程，我等你。

溫暖的南方等著我們，千萬不要讓我失望。

喚

其實楊喚很想跑一趟邊城開原找劉妍，但這一去一回要花上半個月時間。二伯父建議寫信讓她趕過來。毫無頭緒的楊喚照著二伯父意思去做，信是寄出去了，但音訊猶如投石大海，無聲無息。

他急了，卻是萬般無奈。是等是走呢？楊喚拿不定主意，還是二伯父下了決定：「時機不等人，你別再蹉跎了。又不是不回來，走吧！」

「萬一，這時候她到了怎麼辦？」

「託你後媽幫忙，若劉妍到了，就拿這地址到青島來找我們。」

二伯父這麼一交代，楊喚稍稍安心，才答應上船離開。

楊喚留下一封短信：

妍：

等不到你的信，也看不到你身影，我慌了，我焦急了，但我真的不能等，我必須走。

我留了地址和錢在我家，你去跟我後媽拿，我交代好了。趕快搭下一班船，直接到青島，地址在另一張字條上。快來！我在那裡等你。

喚

揮揮手，輪船駛向天津。他們在天津待一段時間，然後搭上火車往山東青島。越往南走，離家越遠，眼淚滴向北方。他不知道什麼時候可以回故鄉，完全沒有預期。

他等不到劉妍或她的信息，黯然跟著二伯父離開。他相信劉妍看到短信，一定會趕到青島。

那一年，他十八歲。告別東北，揮別故鄉，因世局動盪，這一離別，讓他再也沒有回家。劉妍也沒有去青島找他。

* * *

大江南北一路輾轉奔波，好多年過去。落腳異鄉臺北，楊喚的日子過得非常簡單，創作卻充實。但傷心往事總是多過歡樂時光，他常常陷入回憶之中，懊悔當時真應該跑一趟開原，直接把劉妍帶出來。

「如果我娶了劉妍，組了家庭，現在說不定生寶寶了。」思緒錯綜複雜的楊喚，念頭一直在跳躍。

洗澡時，楊喚觀察滑不溜丟的肥皂覺得很有趣。他想像，若我有個寶寶，他一定會玩肥皂，「呵呵，我要寫一首關於肥皂的童詩。」

他曾仔細看著寶寶的眼睛，那會說話的大眼總是迷人，「嘿！我要寫一首有關眼睛的童詩。」

寫詩的意識浮現腦海裡，他的鋼筆準備動起來。

其實，楊喚渴望擁有一個家。他要將家用童詩的方式表現，希望天下的孩子都有一個美滿的家庭。

「雖然自己不能擁有家庭，但我仍深深祝福有家的孩子！」他低聲說。

〈**肥皂之歌**〉

小朋友們，你們一定都會認識我，

說我是一塊好肥皂。
我不像那些穿得花花綠綠的香肥皂，
被擺在大百貨店高貴的櫥窗裡，
一生下來，
我就被工人們裝進一個粗糙的大木箱。
可是我很快樂，
我也很驕傲。
我願意幫助你們的媽媽辛苦地洗衣裳，
我更願意跟著你們快活地吹泡泡。
來，讓我們做一個好朋友吧！
讓我每天替你們洗乾淨那又黑又髒的小手，
再高興地看著你們穿著洗得又乾淨又漂亮的衣裳

去上學校！

〈家〉

樹葉是小毛蟲的搖籃。
花朵是蝴蝶的眠床。
歌唱的鳥兒誰都有一個舒適的窠。
辛勤的螞蟻和蜜蜂都住著漂亮的大宿舍，
螃蟹和小魚的家在藍色的小河裡。
綠色無際的原野是蚱蜢和蜻蜓的家園。

可憐的風沒有家，
跑東跑西也找不到一個地方休息。

飄流的雲沒有家，
天一陰就急得不住地流眼淚。
小弟弟和小妹妹最幸福哪！
生下來就有了媽媽爸爸給準備好了家，
在家裡安安穩穩地長大。

想家是離家人的權利

〈雨中吟〉

雨呀，密密地落著像森林，
我呀，匆匆地走著像獵人。

雨，不疲倦地落著，
我，不休息地走著。

踏著雨的音樂的節拍，
我追逐著那在召喚著我的名字的

歷史的嚴肅的聲音。

一夜有雨，寫下一頁〈雨中吟〉，看這光景，梅雨也進入尾聲了。黎明，久不見的太陽果然探出頭，柔和的光芒慢慢溫暖大地。

楊喚一夜書寫，也算是早起吧！他騎著腳踏車打算去營區外吃早餐。騎在臺北街頭，看見一群學生準備上學去。

心中有一種欣慰，他微笑著打算為上學的孩子寫一首童詩。題材來源總是不經意的發現，尤其為兒童寫詩，更要把握眼前所見。

＊　＊　＊

在青島的這段時間，可說是楊喚最穩定也最能發揮所長的一段時期。他在

《青報》擔任編輯。

初期，他是負責校對工作。每天報紙印刷之前，他必須一個字一個字看，看有沒有錯字。工作之外，他勤奮自修，厚厚的書籍也是一個字一個字讀下來。

「怎麼這些字越看越模糊？我會不會近視了？」楊喚納悶著。認真工作與苦讀學習，的確讓他的視力變壞。吃力的看著文字，讓他暗暗叫苦。但努力是會有代價的。

懂得編輯，文筆又好，做事勤快，學問淵博，這些優勢條件讓他意外的升任副刊編輯。

「恭喜你啊！當上副刊編輯。」社長向楊喚道賀。緊緊握著他的手，這其中充滿賦予重任的期許。

「謝謝！我會把事情做好，社長請放心。」

「不到二十歲，你可是打破本社紀錄囉！」總編輯一旁笑說：「可見社長多麼器重你。小夥子，好好幹！」

「我一定不負大家對我的期望。」

他嘗試寫信給劉妍，寫上地址，貼足郵票。為求慎重，每封信他都親自到郵局寄出。捎出一封又一封信，但一直沒有劉妍的回音。

十天半個月過去，半年十個月也溜走，楊喚還是沒有得到隻字片語，不知道她收到信了沒有？還是有其他緣故？

消息傳來，內戰已在東北蔓延開來。楊喚緊盯報紙，每天了解戰況。情勢惡化，家鄉似乎陷入戰火，這讓他焦慮不已。

他依然寫信往開原寄。終於他等到信了，卻不是劉妍的消息，而是退回的信件。

由於砲火阻斷交通，所有郵件再也進不了東北。劉妍沒有前來，楊喚沒法回去。北風吹起，他望穿北邊灰灰暗暗的天空，有一種不祥的預感。看著飛向南方的大雁，他幾乎絕望。

為了將工作做好，他努力掩藏自己的心情。楊喚把份內事情做得很好，受到社長的器重。漸漸的，他轉移情緒，將無奈與牽掛轉向創作。藉文字作為情感出口，美麗與哀愁，寂寞與憂傷同時表現在作品之中。

> 憂鬱和寂寞，從童年糾纏我直到現在，我的日子裡，很少有絢麗璀璨的顏色，不是深灰，就是蒼白。我要的是薔薇和玫瑰，但毒刺的荊棘又偏偏向我投擲過來。

楊喚是苦悶的，只能在創作中尋找一絲絲的安慰。這段時間是他創作的豐富期，寫出不少作品，同時認識許多喜歡寫作的朋友和作家。

好不容易平靜下來，內戰戰火卻繼續往南蔓延。就快要危及青島前，社長召集《青報》所有社員。

「我必須忍痛告訴大家，戰爭吃緊，青島非常不安定，恐怕不久就要陷入砲火。」他語重心長的說：「我必須宣布《青報》解散，這也是無可奈何的事。為了各位身家性命，趕快帶家人離開青島吧！最好往南走，福建、廣東都好，那裡安全。」

社員一陣驚慌，沒想到戰爭來得這麼快。楊喚低頭不語，好不容易安定下來，平穩了情緒也做出一點成就，又要被迫離開。難過不由得寫在臉上，他原本對劉妍還抱一絲希望，這下徹底絕望了。

「大家放心。每個人發六個月遣散費，待會就來領錢。」

他就這樣忽然拿到一大筆錢，表情難過，心中卻有一股難以言喻的感受。

「你有什麼打算？」同事問他。

「我不知道。」

「你會離開青島嗎？」

「其實，如果可以我真想回東北。」楊喚悠悠說出。

「別開玩笑了！那裡戰火連天，難民大批大批的逃出來，你卻要回去？」

同事不知道楊喚心中惦記的事情。他的心裡亂得很，一時也不知道該怎麼辦。

「我應該會依我二伯父，看他有什麼決定。」楊喚想一想說。

「嗯！趕快走就對了。」同事繼續說：「得到這一大筆錢剛好可以做盤纏，要收好這筆錢，世局難料，這會是筆保命錢。」

楊喚點點頭表示明白。

但他並沒有為日後打算，將錢有效規畫。看到一套很想要的世界名著，他竟然拿所有的錢去購買，還洋洋得意自己買到有價值的東西。然後，帶著這些累贅的書籍往南走。

*　*　*

時空凝聚在梅雨後的臺北。整夜書寫的楊喚，看見黎明來到，天空微微明亮。

幾天前在淡水河邊看到小水鴨、琵嘴鴨紛紛飛走，他知道度冬的候鳥將要北返了。小時候，在菊花島就曾看見候鳥飛回來。

那股鄉愁莫名湧起。想家這念頭似乎隨時可以觸動，就像按電燈開關似的。

他多麼想回老家，想回到劉妍身邊。那年離開開原時，曾經答應回來守護她一輩子，沒想到他卻越走越遠。此時一股哀傷籠罩，這不能實現的承諾已是飄去的雲朵，他寫下——

〈**鄉愁**〉

在從前，我是王，是快樂而富有的，
鄰家的公主是我美麗的妻。
我們收穫高粱的珍珠，玉蜀黍的寶石，
還有那掛滿在老榆樹上的金幣。

如今呢？如今我一貧如洗。
流行歌曲和霓虹燈使我的思想貧血。
站在神經錯亂的街頭，

我不知道該走向哪裡。

「唉！已經很多年了！」楊喚打起精神，「往後的日子還要過，我應該要像早晨的陽光，溫暖而光明，不該繼續陷入悲傷情緒裡。」

看著學生紛紛進入校園，喜歡孩子的他，轉換心情，露出一絲微笑。既然立志要為兒童寫詩，就應該找回充滿童趣的筆調。

楊喚享受著陽光，重拾一顆童心，他決定寫一首跟學生上學有關的詩。

雖然自己沒有孩子，卻可以想像，想像一個孩子賴床、裝病不想上學。那賴皮的模樣，一下子在腦海中浮現，讓他覺得好笑，噗哧！他笑出聲了。

為了創作，詩人的情緒可以隨時改變，前一刻還陷入悲傷，這一刻就開懷大笑。

他想著偷懶小孩的眼睛、耳朵、鼻子、腳和手在開會，它們討論要罷工。

這可讓小孩緊張了，翻個身起床趕快上學去。回憶讓他悲傷，想像讓他歡喜。那心情正像是從黑夜來到黎明般的見到陽光，慢慢溫暖。他寫下——

〈**快上學去吧**〉

——快上學去吧！
小書包發急地看著那越升越高的太陽。
——快上學去吧！
老鬧鐘也扯著嗓子大聲的嚷。
懶洋洋地看著天花板，
小弟弟裝做生病不起床。
蒙上頭，正想再睡，

忽聽得他們在開會：
眼睛說：很好！我要關起窗子永遠地休息！
耳朵說：不錯！我要鎖起門來整年的睡！
鼻子說：很好！我高興放長假！
腳　說：我也永遠不想再走路！
手　說：那我也永遠不想再工作！
小弟弟一聽著了慌，
一翻身就爬起來：
好！好！——好！
你們都別再吵，
我要做一個好孩子，
再也不懶惰！

廈門，那段日子

越往南方走，越有想家的理由；離劉妍越遠，越有想她的哀愁。楊喚閒來無事總要在紙上塗鴉，他畫出一隻又一隻小白鴿。

他比喻自己是一隻鴿子，鴿子振翅高飛，象徵自己朝遠方飛翔的志向，這是他多年的期待。但此刻他畫的小白鴿，安靜待在巢裡，象徵劉妍待在家鄉等他歸來。

內戰戰火迫使他與劉妍一南一北的方向，越行越遠。

牛郎織女被迫分離，一年終究有一天可在鵲橋相會。他們卻不能，楊喚心裡喊苦，早已預感今生已不能再與劉妍相會，更別談終身相守。

每畫一隻小白鴿，就生出一朵思念。朵朵思念，塞滿他的夜晚、他的房間。

寫信吧！總要有傾訴對象。好友不時關心，讓他感到踏實。

就是這樣的夜裡，愁苦突襲而來，困擾了我。流落的人，永遠有一顆寂寞的心，就是在夢裡也不會讓你安靜的。我想，想這個，想那個，許多許多，一團亂絲般的纏住我。一聲青色的嘆息在無眠的枕畔跌落了。心，似一口寂寞的古井。

時空似乎回到離開青島那段緊張的日子。

＊　＊　＊

楊喚暫時住在二伯父的家裡，但他忙著處理自己家裡的大小事情，顯然還沒有打定主意。時局越變越壞，幾乎無暇照顧楊喚了。

楊喚深思熟慮之後，心想：「我不能再依靠二伯父，應該為自己安排。」

他看二伯父鎮日憂愁，忍不住問：「二伯，戰爭快打過來，您要帶家人離開？還是留下來？看您焦慮的樣子，似乎還無法決定。」

「不知道時局會變怎樣？家裡人多，也不是說走就走。這是大事，你說能不煩躁嗎？」

「多我一人，多一份操心。不如，我先離去。從東北來到青島，這些日子我也都是一個人生活，怎知報社解散，與其住在您這裡，不如我另找出路，您看如何？」楊喚商量著。

二伯父想一想，點點頭，握著他的肩膀，「你成年了，的確要靠自己了。你有何打算？」

「我不知道。」楊喚低下頭，說出心裡話：「我想回東北老家。」

「你開什麼玩笑！東北戰火連天，回去找死啊！」二伯父有些生氣，一把推開他，「你現在想回也回不了，交通全斷了。」

二伯父哪裡在乎他一心懸著劉妍。如果沒有內戰，能夠選擇，他真會回到她的身邊。

他好無奈，多麼希望能改變一切。

楊喚六神無主。不能回東北，不想待青島，不知還能往哪裡走？工作沒了，二伯父又拿不定主意，青島到處人心惶惶，他的心也惶惶。

「這樣好了，你去廈門。」二伯父提出建議。

「廈門？」這聽都沒聽過的地方，楊喚懷疑：「在哪裡？」

「在福建。」二伯父繼續說：「我有一個非常要好的朋友，他是廈門人，最近要回去，我看你先跟他走。過些日子，我帶全家人也過去。」

「好吧！我先去廈門。您過來時，我打理好了，全家安頓也方便。」

「一切靠你了。」在二伯父的安排下，楊喚只能點頭。

「你把行李收拾一下。最近有船班，我跟朋友講一聲，你就趕快走吧！」

楊喚整理好行李，等待輪船啟航。

二伯父無奈的將他託付給朋友。輪船離港了，北風吹起，船上煙囪的濃煙飄往南，似乎正為他指向目的地——廈門。

幾天之後，輪船平安抵達廈門島。遠離即將面臨戰爭的青島，廈門表面是一片祥和。

時機不好，楊喚一時找不到工作，只好暫居二伯父的朋友家。

沒想到白吃白住惹來那朋友太太的白眼，不時故意在背後說風涼話。楊喚聽著十分刺耳。

「一個大男人好手好腳也不出去賺錢，唉喲！簡直廢人一個。」

「我這裡又不是救濟中心，吃吃喝喝的，我寧可把食物丟給街上的乞丐吃。」

「要吃要住不給錢，什麼嘛！我真是倒了八輩子楣。」

那太太越說越過分，惹得楊喚敢怒不敢言，看見她就躲得遠遠。這讓她也有話說：「哼！心虛了！不敢見我。也好，最好滾得遠遠的。」

她不時在那朋友耳邊碎嘴：「老公，把那姓楊的趕走啦！再這樣吃下去，我們要被吃垮了。」

「不行！他是我好友的姪兒，我答應照顧人家，你卻要我趕他走。我朋友快要來廈門了，他走掉了，我怎麼向人家交代。你別鬧了！」

「哼！都幾個月了，你那個什麼朋友，我看是不會來了。你不趕他，那好，我明天走。」

那朋友被鬧得很火大，直罵他太太：「你真不懂事啊！」

這些話講得很大聲，楊喚一字一句聽得很清楚，他有說不出的委屈。很長一段時間，他寧可在路上遊蕩，肚子餓一整天，也不願聽那女人嘮嘮叨叨。

後來，楊喚終於找到事了。他對那朋友說：「我要到部隊的電影隊裡當技工，明天我就離開。」

「你走了，我怎麼跟你二伯父交代？留下吧！」

「我還是別給你添亂子。」

「我家不差你一雙筷子。」

「是嗎？」楊喚話中有話。

「不行，不行，你別走。別管那女人講什麼！」

「她是你太太呢！」

「那又怎樣？不要理她。」

楊喚苦笑，不想再多說什麼，勉強點個頭回到自己的房間。那朋友不想讓他離去，竟把他反鎖在二樓房間裡，一鎖就是好幾天。

楊喚痛苦極了，「他怎麼可以把我關起來？」

他從痛苦轉向憤怒，這更激起他非逃走不可的決心。趁著深夜人靜之時，他用一條繩子從樓上的窗戶攀爬下來。

他抱著一顆傷透的心走了。

＊　＊　＊

楊喚塗鴉小白鴿，滿滿一張紙，每一隻都沒有張開翅膀。沒有張開翅膀，如何振翅高飛？

他翻開那些可以聊慰心靈的信，那是他極為珍貴保存的信件。劉妍寫的信，是僅剩對她唯一能掌握的思念。

劉妍字跡娟秀，每看一次心裡就踏實一點，卻又淚水滿面。太多不巧，讓他們錯失在一起的機會。

「再多悲傷，都已過去。我想劉妍還是希望我好好活著。」楊喚心裡想著。

多年來，每當夜闌人靜寫作時，他的一顆心總是悲喜交織、起伏不定。陷入回憶時總是極為傷悲，但為了給孩子寫童詩，必須拉回現實，可以感受些許歡樂。

楊喚停止畫小白鴿了，幻想不可能實現的美好，「如果劉妍嫁給我，她一定會為我生孩子。呵呵！孩子長大了，一定調皮的讓我傷腦筋。我不能罵他，更不能打他。」

他想著孩子跟人家吵架、隨便罵人、亂吃東西、看連環圖畫、不好好念書、全身髒兮兮、活像個豬八戒。楊喚想到這裡，不自覺的笑出來。如果，劉

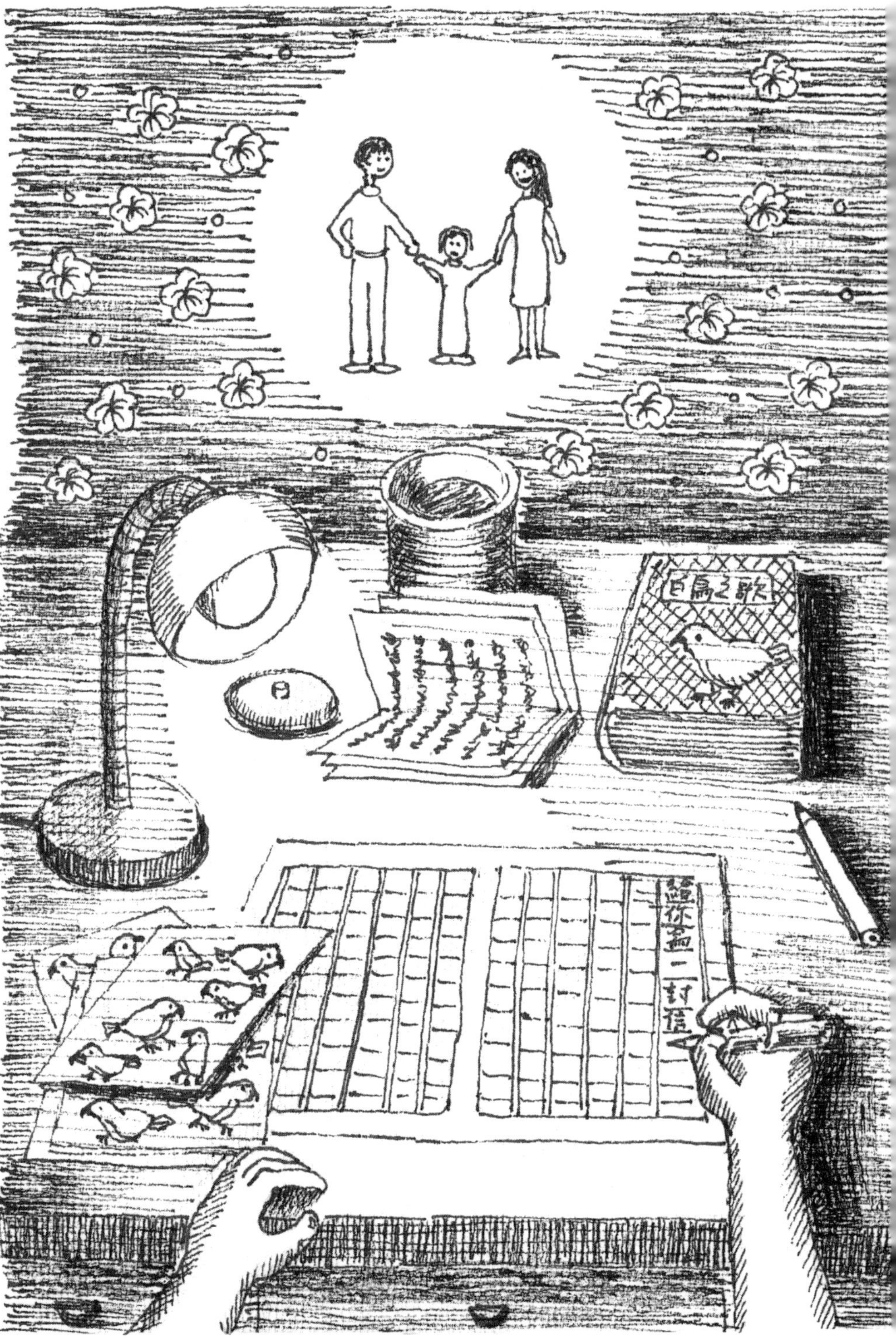
白鳥之歌

妍當媽媽，一定為孩子傷透腦筋。

「如果我管教孩子，我才不打不罵呢！」楊喚自言自語：「我要寫一封信給孩子，他看完一定會懂的。」

楊喚著手寫童詩——

〈**給你寫一封信**〉

今天是星期日
（不下雨，不颳風，頂好頂好響晴的天氣）
你一定一早就跑出去了，
跟你的同學們，
東跑西跑地去吵架罵人，
嘴裡胡亂地吃東西，

一看起連環圖畫就什麼都不管了，
把一套剛穿上身的衣裳又弄得髒髒的，
不是跌破了頭就是打腫了臉，
活像豬八戒那個怪樣子。

別老是不理我們罷，
親愛的好朋友，
不，我們親愛的小主人！
你該知道我們是多麼喜歡和你親近。

教科書在想著你，
筆記本在想著你，

我和刀片和橡皮不舒服地躺在文具盒裡，
也在想著你，想著你呀！

雖然在你發脾氣的時候，
動不動就把我們從桌子上摔下去
（教科書教你給弄破了衣裳，
筆記本讓你給撕得亂七八糟，
橡皮到現在還害著皮膚病，
我和刀片差一點沒給你摔斷了腰，）
雖然爸爸和媽媽罵你是壞孩子，
老師也說你是一個糟糕透頂的壞學生。

你別老是不理我們罷！
那管是用你那兩隻弄得又黑又髒的小手，
來親切地摸一摸我們也好。

教科書是聰明的好先生，
雖然他不會像連環圖畫那樣讓你喜歡，
但是他不會讓你在課堂上，
紅著臉翻白著眼睛答不出老師問你的問題；
我是一枝最好最好的鉛筆，
我跟筆記本和刀片和橡皮，
會熱心地幫助你做功課抄筆記。

你別老是不理我們罷！
親愛的好朋友，
不，我們親愛的小主人，
我們都在等著你，
在等著你。

淚水滴入臺灣海峽

世事難料又事與願違，雖說年輕生命應該是蓬勃有朝氣，但他的青春卻是與苦難連結在一起。楊喚望向星空，那星象構成的圖像怎麼看都是悲傷的符號。來到臺北應是安定生活的開始，但「情」這個字讓他割捨不下。寫〈垂滅的星〉的心境何其複雜，尤其那來臺前夕在廈門的日子，他回想著，鋼筆在紙上遊走。

輕輕地，我想輕輕地
用一把銀色的裁紙刀
割斷那像藍色的河流的靜脈，

讓那憂鬱和哀愁
憤怒地氾濫起來。

對著一顆垂滅的星，
我忘記了爬在臉上的淚。

唉！不過幾年前，楊喚還在東北與劉妍細數落花，今日卻獨自一人在臺北靜等春天花開。

回憶是一把鑰匙，能打開過去的門。門外有屬於自己的歡喜、哀傷。只是楊喚的哀傷多於歡喜，命運總是折磨他。

為了書寫，心境擺盪不安。寫新詩常是憂愁如花謝，因為寫的就是他的經歷；寫童詩就得讓花開在心中，畢竟為孩子寫詩，就要為孩子帶來希望。

＊　＊　＊

打開回憶，走進廈門，以為進入電影隊就能安定，偏偏這時生了一身疥瘡，滿身膿包，讓他痛苦不堪。

「唉呀！你一身疥瘡，膿包又臭又髒，這怎麼好做事？」部隊長嫌棄他。

「我也不想這樣啊！」楊喚低下頭。

「好啦！我看你什麼事都別做了，好好養病吧！」

他是醫務所常客，天天去擦藥，卻怎麼治療都不見好轉！在來往的路上，他認識一位好心的李老太太。

她看楊喚眉清目秀，書卷味濃厚，主動問候他：「孩子啊！你這身疥瘡，光是這樣擦藥是不會好的。」

「那該怎麼辦？我為這病，苦惱得不得了！」楊喚愁眉苦臉的回答。

「來！到我家，我有藥方能幫你治療。」

「真的？若真能幫我治好，要我做什麼都可以！」

「呵呵！我才不需你幫我做什麼呢！」

楊喚跟著來到她家，一幢座落在中山路的住宅。

李老太太為他抹藥，她看了一直搖頭，「整個背都是膿血，還一股臭味。小夥子，你的疥瘡很嚴重啊！」

「我知道，我在部隊醫務所已經治療很久了，就是不見效果。」

「嘿！你真的很幸運，遇到我。」李老太太一邊上藥，一邊笑說：「家傳祕方，專治疥瘡，這藥保證能治好你的病。」

「真的！」楊喚心底一陣喜悅。

「不過，這要每天換藥，你明天還得到我這兒來。」

第二天，楊喚再到李老太太家擦藥，然後一待就是大半天。從此以後，他天天到李家，李家似乎成了他自己的家。

治療期間，李老太太對楊喚無微不至的照顧，讓他感動不已。很久很久沒有這種倍受呵護的感覺了。

「我從小沒有母親，您對我就像媽媽一樣。」楊喚發自內心感嘆。

「孩子，那你就把我當母親吧！」

楊喚感激的跪下奉茶拜李老太太為義母，李老太太也樂得收他為義子，還為楊喚取一個名字叫做「李天興」。

這是一段佳話，傳在左鄰右舍耳裡，大家津津樂道。

但也在這個時候，電影隊竟然開除楊喚。唯一的工作沒了，讓他很苦惱。

「剛好，就住在家裡啊！」義母說。

「好是好，但我一個壯丁，不能沒事做。」楊喚想到那段被人嫌棄的往事，「我還是去找工作吧！」

這段日子，楊喚陪義母聊天，講講東北冰天雪地的故事，說說自己的戀人劉妍。他還為小妹溫習功課，日子久了，小妹對這位哥哥也產生感情。

李老太太早年喪夫，膝下有三個女兒，大女兒、二女兒都已出嫁。小女兒還留在身邊，李老太太很想為小女兒找對象。

她相中楊喚，一直想招他入贅，但又不敢說。小女兒對這位哥哥早已心儀很久，希望永遠跟他在一起，但她也不敢表白。

直到有一天，楊喚聽到鄰居指指點點。

「聽說李老太太有意招贅她的義子。」

「是啊！他還真不錯，一表人才。東北人，挺帥氣的。」

「只是很怪！」

「怎麼怪？」

「李老太太已經收他為義子，算是兒子，現在又要把他招進門，女兒和兒子結婚，這不怪嗎？」

「簡直亂倫嘛！」

「是啊！亂七八糟的。」

楊喚聽到閒言閒語，內心為之一驚。從此，他的行為、表情變得很奇怪。

義母知道紙包不住火，終於鼓起勇氣當面跟他提起。

「我的小女兒已經十七歲了。你常指導她的功課，她對你也有好感。你離家這麼遙遠，不如就留在這裡。唉！這個家也需要男人。」

話雖說得含蓄，用意卻很明顯。楊喚直覺拒絕說：「不！」

「你不是說，把你的疥瘡治好，我有什麼要求，都會答應嗎？」

「可是，這不一樣啊！更何況我還是您的義子。女兒和兒子結婚，這別人早就亂說話了。」

「那我不當你是我兒子，我解除關係不就解決了。」

「不！」楊喚再度明確的說：「您知道的，東北還有我的戀人，我怎麼可以背叛她。時局一穩定，我還打算回去娶她，把她帶來廈門。」

「你死了這條心吧！那是不可能的。」義母有些激動的說。

「我不會同意入贅的，您也別抱持希望。」

「那你走！別再住我這裡！」她說出氣話。

楊喚一聽，一股脾氣也上來，簡單整理行李之後趕緊離開李家。他又流落街頭。

在楊喚心中，劉妍才是永遠的最愛，他告訴自己：「我心中的小白鴿，永遠等著我，我怎麼可以離棄呢！」

他試圖打聽二伯父是否來到廈門，但沒有消息，猜想二伯父全家還留在山東。戰火早已進入青島，那兒也回不去了。

時局越來越緊張，沒有工作好找更何況安身。他想到，除非「當兵」。很順利的，他考進軍隊擔任文書上等兵。

一切來得很快，去得也很快。停留廈門短短半年，怎麼發生這麼多事情？命運總是擺佈他，他卻只能任由命運捉弄。

一九四九年春天，部隊奉令開拔到臺灣。臺灣，這以前聽都沒聽說的島嶼，是來到廈門才知道，竟意外的要到那裡去？

「怎麼到臺灣啊？劉妍怎麼辦？」他慌了。

「那是一個什麼樣的地方？」

楊喚又要離開了，這隻鴿子只得飛翔。他嘆氣，心中的小白鴿，難道真的只能永遠活在心中嗎？他急得想哭，他不想去臺灣，但軍令如山只能服從。

軍艦穿越臺灣海峽，望著這一片冷海，心中一直吞嚥著苦。他看著唯一一張劉妍的照片，那是她永遠不會老去的樣子。

看著照片後面的題字，楊喚哭得很傷心，淚水模糊眼睛，滴入臺灣海峽。

這個孩子，是愛我而又為我所愛的。

我是醜小鴨，而她是白鳥。

在北方，那寂寞的小城裡，我們有過一串美好的日子。孩子們是天真的，孩子們的愛也是天真。

我將難以忘記，她的母親曾怎樣的愛我。那時候，我是怎樣的一個骯髒、傻氣、怕羞的可憐孩子呀！

我將難以忘記，我是怎樣旅行到她住在那邊城的家裡去做客，那就是在我要離開北方的時候。

我將難以忘記……

「有一天再回大陸，我一定要回東北娶劉妍，帶著她住在廈門。」這是他僅能在心中暗暗燃起的希望與誓言。

季風起了，海上的風吹亂他的思緒，遙遠的臺灣對一個東北人而言，會是什麼樣的地方？楊喚應該好奇，但此時此刻，他的苦悶抑鬱著他的心。

見不到劉妍，只能讓心裡藏著一個她。別人嚮往臺灣，那是一個四季如春的寶島。船在海上航行，他卻對如春的寶島毫無期待。

季風吹乾他的淚，淚在臉上淡淡畫出兩道痕跡。在心靈最深最深之處，楊喚感到一股劇痛。他隱隱約約知道，今生今世再也見不到劉妍了。

淚水才剛乾，又再流出來。楊喚止不住淚水，季風中，面對海洋，他告訴自己那就好好的哭吧！就好好的哭吧！

＊　＊　＊

一晃又是幾年。部隊生活很安定，心卻很動盪。無時無刻不在想念家鄉、想念劉妍，回憶著義母對自己的好。但，遙遠了。

遙遠的家鄉，黃昏霞光會將麥田照得金亮。他想起曾與劉妍奔跑在田埂間，陽光將她照得好美。

他心想：「如果沒有戰亂，也許我不會離家。或者我離家了，但我一定會回去。我應該會當個老師，劉妍也是，我們會帶著學生秋遊，在收割後的麥田裡放風箏。」

他的想像、他的期盼不停歇，他的鋼筆也不停歇。

夏天，蟬聲會通知孩子出來玩，蜜蜂頑皮的東飛西飛，喇叭花歡喜的在籬笆吹小號，小荷花提供魚兒捉迷藏的場所，孩子們盡情的遊戲。也許，他會有個女兒叫毛毛，跟著學生一起在草地上玩耍。

〈毛毛是個好孩子〉

駕著太陽的金車，
打著雲彩的傘，
夏天先生到人間旅行來了。

來了，來了，
蟬兒第一個通知了可愛的孩子們。
來了，來了，
南風也跟著告訴了搖著扇子的芭蕉。
向日葵真是個大傻瓜，
夏天就在他的身旁，
他還是每天向太陽問夏天的消息。
蜜蜂頑皮地飛到東又飛到西，

見著花朵就問一句：
「討厭的夏天又來了，
你知道不知道？」

喇叭花早就知道夏天從那兒來，
她塗得滿臉都是脂粉，
歡喜地爬出籬笆等著迎接他。
小荷花看著小魚兒高興地捉迷藏，
她躲在河邊只是靜靜地笑。
小草有月亮媽媽給他蓋上露珠的被，
就是再熱的晚上，
他也能安靜地睡。

青蛙們最怕熱，
一天到晚鼓起肚皮大聲地罵。

夏天先生是毛毛的好朋友：
在早晨，好孩子都醒了，
洗過臉就要到公園裡去散步，
夏天先生就讓小麻雀做使者，
輕輕地把她從遙遠的夢裡喚回來；
在晚上，燈火都睡了，
恐毛毛看著黑洞洞的屋子要害怕，
夏天先生就讓小蝙蝠做守衛，
飛來飛去地不離開她的家。

毛毛是個好孩子，
她有一套漂亮的小夏裝，
她有爸爸買給她的紙扇兒和紅瓤的冰西瓜，
有小貓小狗陪她玩，
還有很多很多的好朋友。
毛毛不怕天氣熱，
她永遠是那麼快活地遊戲，
那麼用心地讀書，
那麼大聲地唱歌。

冬天，臺灣感受不到東北那樣的酷寒，但他仍希望春天來到。他問海鷗，問燕子，春天在哪裡？麻雀倒是說話了，春天在田野裡沿著小河散步。
他期待春天到來，但春天在哪兒呀？

〈春天在哪兒呀？〉

——春天來了！
——春天在哪兒呀？
小弟弟想了半天也搞不清；
頂著南風放長了線，
就請風箏去打聽。

海鷗說：春天坐著船在海上旅行，
難道你還沒有聽見水手們迎接春天的歌聲？

燕子說：春天在天空裡休息，
難道你還沒有看見忙來忙去的雲彩，
仔細地把天空擦得那麼藍又那麼亮？
麻雀說：春天在田野裡沿著小河散步，
難道你還沒有看見大地從冬眠裡醒來，
梳過了森林的頭髮，又給原野換上新裳？

太陽說：
春天在我的心裡燃燒，
春天在花朵的臉上微笑，
春天在學校裡跟著孩子們一道遊戲一道上課，
春天在工廠裡伴著工人們一面工作又一面唱歌，

春天穿過了每一條熱鬧的大街，
春天也走進了每一條骯髒的小巷，
輕輕地爬過了你鄰家的牆，
也輕輕地走進了你的家。

小弟弟說：讓春天住在我的家裡罷！
我會把最好吃的糖果給它吃，
媽媽會給它預備一張最舒服的小木床，
等到打回大陸去，
讓爸爸媽媽帶著我跟春天一起回家鄉。

臺灣少年小說第一人

激流三勇士

李潼 著　曹泰容 繪

急降坡成了墜崖大瀑布，「米酒甕」甕口像急射的消防隊水管，凌空一噴，枯藤、殘枝滾翻旋轉，被沖得老遠。「激流三勇士」的竹筏也這樣被噴了出去……

《激流三勇士》一書收錄李潼早期創作的三篇少年小說：〈激流三勇士〉、〈宛菁姊姊〉和〈爸爸的大斗笠〉。寫實簡練的故事，帶領我們進入一個純樸美好、充滿人情味的臺灣。在這裡，人們的生活雖不富裕，卻不吝於對受苦之人伸出援手；而遭遇苦難的人們，也都展現出令人敬佩的堅韌與勇敢。

李潼的作品多篇被選入國小、國中、高中課本及大學國文選，並被譯成英文、日文、韓文、德文等語言。另有多部作品被改編成電視劇、舞臺劇與動畫影片等。曾獲得五十多項重要文學獎，包括國家文藝獎、中山文藝獎、中國時報文學獎短篇小說評審獎等，他的作品字裡行間充滿對孩子成長的關注和土地關懷，讓李潼素有「臺灣少年小說第一人」的美譽。

文學營

天鵝的翅膀 楊喚的寫作故事

作　　者：子魚
繪　　圖：林劭貞
總 編 輯：鄭如瑤
助理編輯：許喻理
美術編輯：王子昕
印務主任：黃禮賢

社　　長：郭重興
發行人兼出版總監：曾大福
出版與發行：小熊出版・遠足文化事業股份有限公司
地　　址：231 新北市新店區民權路 108-2 號 9 樓
電　　話：02-22181417
傳　　真：02-86671851
劃撥帳號：19504465
戶　　名：遠足文化事業股份有限公司
客服專線：0800-221029
E-mail ：littlebear@bookrep.com.tw
讀書共和國出版集團網址：http://www.bookrep.com.tw
小熊出版社部落格：http://littlebearbooks.pixnet.net/blog
Facebook：小熊出版社

法律顧問：華洋國際專利商標事務所／蘇文生律師
印　　製：漾格科技股份有限公司
初版一刷：2015 年 1 月
定　　價：250 元
ISBN：978-986-5863-46-3

國家圖書館出版品預行編目（CIP）資料

天鵝的翅膀：楊喚的寫作故事／子魚文；林劭貞圖.　--初版.--新北市：小熊出版：遠足文化發行, 2015. 01
　面；　公分.

ISBN　978-986-5863-46-3（平裝）

859.6　　　　103023322

小熊出版讀者回函